Kibaru

Momente voller Sommer

Tanja Koller

Kibaru

Momente voller Sommer

Bibliografische Information der Deutschen Nationalbibliothek: Die Deutsche Nationalbibliothek verzeichnet diese Publikation in der Deutschen Nationalbibliografie; detaillierte bibliografische Daten sind im Internet über dnb.dnb.de abrufbar.

Herstellung und Verlag:
BoD – Books on Demand, Norderstedt

Umschlag- und Innenillustrationen: Marleen Leupert

ISBN: 978-3-7543-1070-0

Inhalt

Für Mama.
Weil ich dir versprochen habe, dir mein
erstes Buch zu widmen, aber auch, weil
ein Roman das Mindeste ist, was du
verdient hast.

1. Kapitel

Nibbs

Gemächlich zockelte unser Wohnwagen die Landstraße entlang. Hinter uns hatte sich ein kleiner Stau gebildet, ungeduldig hupten die anderen Fahrer. Ich hielt meinen Kopf aus dem Fenster gestreckt und ließ den Fahrtwind mit meinen Locken spielen.

Obwohl Autoabgase in der Luft lagen, konnte ich den Sommer riechen: Das Heu auf den Feldern, die Blüten in der Wiese und sogar schon ein wenig das Salz des Meeres.

Mein Vater drehte die Rockmusik, die zuvor aus dem Autoradio gedröhnt hatte, leiser.

„In ungefähr einer Viertelstunde sind wir da", verkündete er.

Ich grinste.

Wie jedes Jahr fuhren Papa und ich zum Campen an die Ostsee, während Mama ihre Familie in Frankreich besuchte. Diesmal begleitete uns auch Papas ältere Schwester Lieselotte.

Kurz darauf machte der Weg eine Kurve – und dahinter lag das Meer.

Vor uns erstreckte sich Wasser bis zum Horizont, Leben, Unendlichkeit. Sanfte Wellen kräuselten sich auf seiner Oberfläche, darüber kreisten Möwen. Ich wusste: Jetzt war Sommer.

Wenig später kamen wir auf dem Campingplatz an.

Auf der von einigen Steinwegen durchzogenen Wiese parkten Wohnwagen und -mobile. Zelte waren aufgeschlagen, Gartenmöbel standen im Gras. Weiter vorne gab es eine leichte Böschung und dahinter einen Sandstrand, an dem das türkisblau schimmernde Wasser leise gluckernd ans Ufer schwappte.

„Ich geh mal einchecken", informierte mich Papa.

Ich nickte, und kaum hatte er sich umgedreht, da schleuderte ich meine Sandalen in hohem Bogen von mir und rannte ins Wasser.

Schüchtern umspülten die Wellen meine Füße, und immer, wenn eine besonders große kam, wurde

11

der Saum meines weißen Sommerkleides nass.
Meine Mundwinkel zogen sich noch weiter nach
oben, ich streckte die Arme von mir und drehte
mich im Kreis.

„Kind, willst du dich nicht wenigstens zuerst
umziehen?", fragte Lieselotte.

Ich machte mir nicht einmal die Mühe, ihr zu
antworten.

Wenig später lag ich im Wohnwagen und
betrachtete mein Zimmer. Es war ein merkwürdiges
Gefühl, sich nach einem Jahr wieder darin zu
befinden, aber alles sah exakt so aus, wie ich es in
Erinnerung hatte: An den Wänden aus Sperrholz,
die den kleinen, aber gemütlichen Raum vom Rest
des Wohnwagens trennten, klebten Streifen
unterschiedlicher Tapeten. Als Boden diente eine
Patchwork-Decke. Sämtliche Möbel waren von
Papa zusammengezimmert, und ich hatte sie bunt
besprüht. An der Tür hing ein pink bemalter
Fahrradreifen.

Ein einziger Blick auf all das genügte, um zu
sehen, wie *nibbs* ich war.

Nibbs bedeutete etwas wie „verrückt", allerdings
im positiven Sinne. Es war eines meiner

12

selbsterfundenen Wörter. Davon hatte ich viele. Immer, wenn mir der Begriff fehlte, um etwas auszudrücken, dachte ich ihn mir aus.

Papa trommelte mit den Fingerknöcheln einen schnellen Rhythmus an meiner Tür.

„Herein!", rief ich fröhlich, und er betrat das Zimmer.

„Kommst du mit, Eis essen?", fragte er.

Ich nickte eifrig und sprang auf.

Das Gasthaus hatte einen kleinen Garten, in dem man unter jungen Birken seine Speisen genießen konnte.

Ich bestellte einen Eisbecher mit drei Sorten und einem Löffel aus Schilf.

Papa probierte die Geschmacksrichtung *Soja-Tomate*. (Wahrscheinlich tat er das bloß, damit Mama nicht wieder einmal behaupten konnte, er sei zu heikel beim Essen.)

Auch Lieselotte, die eigentlich gerade Diät hielt, konnte beim Anblick der kalten, süßen Masse nicht widerstehen und murmelte: „Ach, der Mensch braucht doch auch dann und wann Zucker."

13

Am frühen Nachmittag zog ich meinen Bikini an und ging zum ersten Mal in diesem Jahr schwimmen.

Papa bastelte gerade an einer Musikbox herum, und Lieselotte war damit beschäftigt, den gutaussehenden Bademeister zu beobachten. Auf mich achteten die beiden nicht, was mich jedoch nicht störte.

Das Wasser war kühl und erfrischend. Es tat gut, darin zu baden. Ich spürte, wie ich mich von Sekunde zu Sekunde wohler fühlte. Mit weit ausholenden Armbewegungen schwamm ich immer weiter hinaus.

Irgendwann legte ich mich auf dem Rücken, sodass ich an der Oberfläche ausharren konnte, ohne etwas dafür tun zu müssen. Meine Ohren waren unter Wasser; die ganze Welt wurde leiser, ich hörte nur noch die Wellen.

Die Zeit blieb stehen.

Im Meer hätte ich Stunden allein verbringen können, ich bekam nie genug davon.

Lächelnd schloss ich die Augen und genoss den Moment – bis plötzlich ein Kopf neben mir auftauchte. Ich erschrak so sehr, dass ich

14

zusammenzuckte, umkippte und einen Schwall Salzwasser inhalierte.

„Entschuldigung!", rief der Schwimmer neben mir.

Es handelte sich um einen Jungen, der etwa so alt zu sein schien wie ich. Er hatte sturmgraue Augen und schwarze, strubbelige Haare. Auf dem Gesicht trug er ein breites Grinsen.

„Nicht so schlimm", beeilte ich mich zu sagen.

Der Junge musterte mich mit einem Blick, den ich nicht genau deuten konnte. Fand er es seltsam, dass ich so ruhig im Wasser gelegen hatte?

„Ich heiße Kira", stellte ich mich vor.

Bereits im nächsten Moment kam mir der Satz unpassend vor.

Doch mein Gegenüber schien das nicht zu stören.

„Ruben."

Mit diesem Wort tauchte der Junge wieder unter. Ich wartete, bis er davongeschwommen war, dann machte ich mich auf den Weg zurück an den Strand.

Nachdem ich mich abgetrocknet hatte, setzte ich mich in die Sonne und schaute auf die Wellen hinaus. Sie waren etwas größer als zuvor, denn ein leichter Wind hatte begonnen zu wehen.

15

Auf einmal ließ sich jemand neben mich plumpsen: Ruben. Er war noch nass, hatte aber zu seiner Badehose ein ausgeleiertes T-Shirt angezogen.

„Hi", grüßte er.

„Hi", antwortete ich.

„Sorry nochmal wegen vorhin", meinte Ruben und klang dabei so reumütig, als hätte ich mir seinetwegen den Arm gebrochen.

„Ach, schon vergessen", erwiderte ich.

Eine Weile schwiegen wir, dann fragte Ruben: „Bist du mit deiner Familie hier?"

Ich nickte. „Ja, mit meinem Papa und meiner Tante."

Kaum hatte ich das gesagt, überlegte ich, ob es uncool war, *Papa* zu sagen. Aber was sonst? *Dad? Paps? Vater?*

Ruben hingegen schien auf diesen Gedanken gar nicht zu kommen.

Er zauberte zwei Tüten Eis hinter seinem Rücken hervor. Eine davon drückte er mir in die Hand.

„Hab´ ich dir gekauft", erklärte er. „Als Entschädigung."

Ich sah ihn schief an.

„Du schenkst mir ein Eis, weil du mich *erschreckt* hast?"

16

„Nicht nur", gab Ruben zu. „Ich habe schon ewig nichts mehr mit irgendjemandem Gleichaltrigen zusammen gegessen und dachte mir, ich muss die Gelegenheit nutzen."

Verständnisvoll nickte ich und schleckte über die Kugeln. Gut, ich hatte einige Stunden zuvor schon drei gehabt, aber gerade im Sommer konnte mehr Eis nicht schaden.

„Erzähl mir was von dir!", bat Ruben.

„Äääh", machte ich gedehnt.

Ruben schmunzelte. „Mit mir kannst du über alles reden. Wenn ich dich hinterher doof finde, sage ich dir das einfach, und wir würdigen einander nie wieder auch nur eines Blickes. Wenn ich dich nicht doof finde, ist deine Angst sowieso unbegründet."

Ich musste diese Aussage erst einmal verarbeiten, stellte aber fest, dass Rubens Logik für sich sprach. Bestimmt war er ein absoluter *Numer* – jemand, der sich nicht um die Meinung der anderen kümmerte und einfach er selbst war. Und, noch besser: Ruben schien mindestens ebenso *nibbs* zu sein wie ich!

„Und?" Er stupste mich an. „Erzählst du mir jetzt was über dich oder bin *ich dir* zu doof?"

„Nein, bist du auf keinen Fall!", rief ich schnell. „Ich liebe *nibbse* Leute!"

Ruben zog eine Augenbraue hoch.

17

„*Nibbs*?"

„Ja", plapperte ich eifrig drauflos. „Das bedeutet sowas wie ‚verrückt'. Aber weil ‚verrückt' in den Augen der meisten eher eine negative Eigenschaft ist, habe ich das Wort *nibbs* erfunden. Es bezeichnet etwas Gutes. Leider werden *nibbse* Leute oft gemieden und für Spinner gehalten. Fast alle, die sich trauen, *nibbs* zu sein, sind daher auch *Numer*. Das heißt, sie – pfeifen auf die Meinung der anderen. Ein bisschen wie du."

Ich biss mir auf die Lippen. Beinahe hätte ich noch dazugesagt, was ich dachte: dass ich mich auch für eine *Numerin* hielt, aber manchmal unbedingt von bestimmten Leuten gemocht werden wollte – zum Beispiel von Ruben.

Ich hatte öfters Phasen, in denen ich plötzlich viel schneller redete und Dinge aussprach, die ich lieber für mich behalten hätte – als wäre ein Schalter umgelegt worden. Ich nannte sie *Kemminis*.

Ruben schwieg nachdenklich.

„Und? Findest du mich doof?", erkundigte ich mich, wobei ich beinahe ängstlich klang.

Ruben lachte: „Nein. Nur absolut *nibbs*. Dank dir habe ich zwei Wörter gefunden, die meinen Charakter beschreiben. Und endlich einen anderen *nibbsen Numer* kennengelernt."

18

2. Kapitel

Der 10mB7s

Den Rest des Tages verbrachten Ruben und ich zusammen. Es fühlte sich an, als wären wir seit Jahren beste Freunde.

In der Schule verstand ich mich zwar mit den meisten meiner Klassenkameraden recht gut – aber noch nie hatte ich dort jemanden gehabt, mit dem ich über alles reden konnte. Ruben war so ein Freund – und er schien ganz ähnlich über *mich* zu denken.

Wir gingen zusammen schwimmen.

Wir testeten sämtliche Rutschen.

Wir bauten das Kolosseum aus Sand.

Wir hatten Spaß.

Am Abend saßen Ruben, Papa, Lieselotte und ich um ein Lagerfeuer vor unserem Wohnwagen.

Auf dem Griller brutzelten Bratwürste. Ruben und ich rösteten uns auf selbstgeschnitzten Stöcken Marshmallows. Obwohl ich deren Geschmack nicht besonders mochte, gehörten sie für mich einfach zum Sommer.

Lieselotte warf mir die ganze Zeit verschwörerische Blicke zu, die mich zunehmend nervten. Ich wusste genau, wie der Grund dafür hieß: Ruben. Meine Tante dachte wohl, er wäre eine Art Sommerliebe …

„Wo wohnst du eigentlich?", erkundigte ich mich bei Ruben, damit wir einen Grund hatten, uns von meiner Tante zu entfernen.

Dieser zögerte, bevor er mir antwortete, doch dann schien auch er von Lieselotte wegkommen zu wollen. Vermutlich hatte er ihre Blicke bemerkt, und wahrscheinlich waren sie ihm ebenso unangenehm wie mir.

„Ich kann es dir zeigen", bot er an.

Ich nickte.

Wir schlenderten über den Strand bis zu einem alten Bootsschuppen. Ruben öffnete die Tür und knipste eine Taschenlampe an, die von der Decke baumelte. Es blieb trotzdem ein wenig schummrig, aber das Licht reichte, um meine Umgebung zu erkennen.

An einer der Holzwände stand ein Klappbett ohne Überzug, Decke oder Kissen.

Ein Koffer lag in der Mitte des Raumes. Er war altmodisch und so groß, dass ein Mensch darin Platz gefunden hätte; am Reißverschluss hing ein Messingschild, in das jemand die Wörter *Ruben Regentag* eingraviert hatte.

Ansonsten war das Zimmerchen leer.

„Und das kann man mieten?", fragte ich überrascht.

Ruben schüttelte den Kopf.

„Eigentlich bin ich illegal hier", gestand er. „Meinen Eltern gehört der Bootsschuppen. Ich wollte unbedingt mal allein campen, da haben sie gemeint, es schadet doch niemandem, wenn ich für eine Weile hier drinnen wohne. Die Besitzer des Platzes sollten sich eigentlich freuen: Immerhin esse ich in ihrem Restaurant."

Ich lachte, obwohl das eigentlich gar nicht witzig war. Ruben stimmte ein.

Danach hatte keiner von uns Lust, zu Papa und Lieselotte zurückzukehren. So spazierten wir noch ein wenig über den Strand.

Von der untergehenden Sonne war nur mehr ein schmales Segment am Horizont zu sehen, doch die Wolken leuchteten noch orangefarben. Einige Möwen kreisten am Himmel, ansonsten waren Ruben und ich allein.

„Es war wirklich ein schöner Tag heute", meinte ich.

Ruben stimmte mir zu: „Ja. Ich habe mich schon lange nicht so glücklich gefühlt."

21

Ich nickte und war gleichzeitig erstaunt über die Ehrlichkeit, mit der er das zugab. Aber Ehrlichkeit schien sowieso Rubens Stärke zu sein. Er versuchte nie, seinen Charakter zu verbergen. Und nach dem Tag mit ihm konnte ich das auch besser nachvollziehen.

Er hatte es mir genau erklärt: „Man sollte *immer* man selbst sein. Denn nur dann erkennt man, ob die anderen einen so mögen, wie man ist – wenn sie das nicht tun, dann sind sie keine Freunde und werden das nie sein können. Für mich ist ein Freund jemand, vor dem du laut denken kannst – und mit jedem Mal, wenn du das tust, mag er dich ein Stück lieber."

Ruben hatte verlegen gelacht und fortgefahren: „Aber dass ich nicht verheimliche, wie verrückt ich bin, ist wohl der Grund dafür, dass ich noch keinen einzigen wahren Freund *hatte* – bis jetzt."

Er riss mich aus meinen Gedanken: „Das war erst der Anfang. Auch ich bin nicht *ganz* so sehr *Numer*, wie du denkst. Deshalb habe ich am ersten Tag nicht meine komplette *Nibbsität* – Heißt das so? – benutzt. Die Ferien werden noch viel verrückter werden, glaub mir."

Ich lächelte.

„Freu mich drauf."

22

Als ich am Abend in meinem Bett lag, konnte ich nicht aufhören, an Ruben zu denken. Ich war fest davon überzeugt, dass diese Ferien dank ihm die schönsten meines Lebens werden würden – und die *nibbstesten*, da hatte er schon recht.

Verträumt sah ich aus dem Wohnwagenfenster in den Sternenhimmel.

Auf den Büschen in der Nähe saß ein Schwarm Glühwürmchen, Grillen zirpten überall. In der Ferne hörte man das Rauschen der Ostsee und die Musik einer Party.

Mit einem Lächeln auf dem Gesicht schlief ich ein.

Am nächsten Morgen weckte mich mein Vater.

„Frühstück!", rief er und rüttelte mich leicht.

Gähnend richtete ich mich auf.

„Okay", nuschelte ich.

Nachdem Papa das Zimmer verlassen hatte, zog ich mich um. Dabei kribbelte die Vorfreude in mir. Die Vorfreude auf diesen neuen Tag mit Ruben. Ich

23

konnte es kaum erwarten, dass er seine „ganze *Nibbsität* benutzen" würde.

Zum Essen gab es verschiedenes Gebäck mit Honig, Marmelade und Nuss-Nougat-Creme. Lieselotte hatte sich ein teures Diät-Brötchen aus dem Supermarkt geholt.

Ich schlang alles nur hastig hinunter, dann rannte ich zum Bootsschuppen.

Ruben war nicht in der Hütte, doch ich entdeckte ihn nach einigem Suchen in der Nähe des Wassers. Er hockte im Sand und hatte seinen Blick hochkonzentriert auf den Boden gerichtet.

Ich setzte mich neben ihn. Er sah auf.

„Was machst du da?", wollte ich wissen.

Ruben deutete auf den Boden, wo ein zappelnder Hering lag.

„Ich habe ihn gerade erst hier gefunden. Er bewegt sich zu viel, als dass ich ihn ins Wasser zurückgeben könnte."

Ich zog die Augenbrauen hoch und packte den Fisch irgendwo hinter dem Kopf. Er war glitschig und wand sich, aber ich konnte ihn mit einem Wurf ins Meer befördern.

„Oh, äh …" Ruben hüstelte verlegen. „Das hab *ich* nicht hingekriegt."

Dann hellte sich sein Gesichtsausdruck auf und er zog ein Säcken aus Seide unter seinem T-Shirt hervor.

„Für dich."

Ich lächelte und nahm den Beutel. Bedächtig öffnete ich ihn. Er war gefüllt mit Muscheln, Splittern von Seeigelskeletten und kleinen Bernsteinen.

Ruben musste stundenlang Andenken für mich gesammelt haben!

„Danke!", rief ich und fiel ihm um den Hals, doch sogleich löste ich mich wieder von ihm und fragte: „Was machen wir heute?"

Weil ich dabei wie ein kleines, übermütiges Mädchen geklungen hatte, bemühte ich mich, ernster dreinzuschauen und fügte hinzu: „Ich meine … Hast du schon einen Plan, oder überlegen wir uns gemeinsam was Verrücktes?"

Ruben schmunzelte.

„Ich *hätte* einen Plan. Allerdings bin ich mir nicht sicher, ob er dir gefällt …"

Er machte eine Kunstpause, bevor er fortfuhr: „Ich habe dir ja gestern schon erzählt, dass ich gerne Dinge erfinde."

Ich nickte. Auch ich erfand gerne, allerdings keine Maschinen – mit denen kannte ich mich kaum

25

aus. Dafür mochte ich es, Ziergegenstände aus Schrott zu basteln.

„Bauen wir zusammen etwas?", unterbrach ich Ruben hoffnungsvoll.

Er wiegte den Kopf.

„Naja … eigentlich wollte ich dich fragen, ob wir gemeinsam etwas *testen*, das *ich* gebastelt habe."

„Auch in Ordnung!", befand ich. „Was ist es denn?"

„Ein, ähm, Fallschirm."

Ich blinzelte. „Ein Fallschirm?"

Ruben nickte und wurde rot.

„Wenn du ihn nicht ausprobieren willst, können wir natürlich auch gerne was anderes machen. Ich weiß, dass es ziemlich riskant klingt – und ist", versicherte er.

„Nein! Zum *Nibbs*sein gehört auch, dass man ab und zu was Riskantes tut!", entgegnete ich.

Ruben warf mir einen Blick zu, der eindeutig sagte: „Du gefällst mir."

Er führte mich zum Schuppen und holte eine große Plane aus seinem Koffer, an die einige Schnüre genäht waren. Wir brauchten eine Weile, um den Kuddelmuddel zu entwirren, danach sah er tatsächlich aus wie ein richtiger Fallschirm.

„Er heißt *10mBFs*", sagten Ruben feierlich.

„Wofür steht das?"

26

„Für *10m-Brett-Fallschirm*. Weil wir ihn beim Sprung vom Zehn-Meter-Brett testen werden."

Ruben grinste mich schelmisch an. Mir wurde warm ums Herz bei seinem Blick. Begeistert war ich trotzdem nicht. *Nibbsität* hin oder her, ein wenig Vernunft musste sein!

Er fing meinen zweifelnden Blick auf.

„Willst du doch nicht?"

Ich wiegte den Kopf.

„Es ist definitiv keine kluge Idee", stellte ich fest. „Aber Spaß macht es garantiert. Ich bin dabei."

Bald begann ich, diesen Entschluss zu bereuen: als wir vor der Leiter des Zehner-Bretts standen, die bis in den Himmel aufzuragen schien. Ihr Anblick genügte, um mein Herz in die Hose rutschen zu lassen. Höher als ein Einfamilienhaus war sie bestimmt, und mir kam sie sogar höher als ein Wolkenkratzer vor.

Normalerweise hatte ich bereits bei weit niedrigeren Sprungtürmen Hemmungen, und auch der *10mBFs* verunsicherte mich mehr, als er mich beruhigte. Nur wegen Ruben hatte ich mich überhaupt mit der Aktion einverstanden erklärt. Mit ihm erschien alles viel weniger gefährlich – aber *war* es das auch?

Die Frau, die in der kurzen Schlange vor uns gestanden hatte, sprang. In der Luft nahm sie eine

27

anmutige Pose ein, und sie kam nahezu geräuschlos auf dem Wasser auf. Ich fragte mich, wie man so elegant sein konnte und wusste, dass *mir* nichts Vergleichbares gelingen würde.

Jetzt waren wir an der Reihe. Langsam stellte ich meinen Fuß auf die unterste Sprosse. Es gab ohnehin kein Zurück mehr. Stufe für Stufe stiegen wir höher; ich nervös und Ruben mühsam – er musste ja den *10mBFs* mitschleppen. Dennoch standen wir irgendwann oben. Das Meer war jetzt *so tief* unter uns! Die Köpfe der Badegäste sahen von hier aus wie kleine Punkte, und insgeheim überlegte ich, ob ein Sprung aus dem Flugzeug nicht vielleicht ungefährlicher gewesen wäre.

Fast hoffte ich, der Bademeister würde uns aufhalten, aber dieser flirtete gerade mit Lieselotte und bemerkte uns gar nicht.

Meine größte Angst war die Angst: Was würde passieren, wenn ich im Flug plötzlich in Panik geraten würde? Ich könnte nicht stoppen, ich würde weiterfallen!

Ruben schob seine Hand in meine.

„Ich bin bei dir", flüsterte er.

Ich nickte dankbar.

Ruben schnallte erst mir, dann sich selbst Stoffbänder um den Körper, die am *10mBFs* befestigt waren.

„Und das ist stabil?", vergewisserte ich mich ein letztes Mal.

„Garantiert!", versprach Ruben. „Ich habe ihn zuhause gebaut, ursprünglich für meine Eltern. Aber dann dachte ich mir, dass ihn wohl zuerst lieber jemand Leichteres ausprobieren sollte – Geht´s los?"

Stumm nickte ich. Ruben nahm Anlauf, und ich konnte nicht anders, als mitzurennen. Seine Beine machten einen großen Satz nach vorne, doch meine blieben wie angewurzelt stehen. Ruben stürzte hinunter, ich stand noch auf dem Sprungbrett.

Im nächsten Moment wurde ich hinterhergerissen. Der Fallschirm hing schief in der Luft. Wir fielen unkontrolliert, und Ruben befand sich ein gutes Stück unter mir.

An uns raste der Sprungturm vorbei. Unser Fallschirm begann erst allmählich, sich mit Luft zu füllen, als die Wasseroberfläche sich noch etwa fünf Meter unter uns befand.

Vier Meter. Irgendwie gelang es mir, Ruben einzuholen.

Drei Meter. Ruben griff nach meinem Arm und hielt mich fest.

Zwei Meter. Endlich hatte sich der Fallschirm ausreichend über uns ausgebreitet.

Den letzten Meter lang bremste der *10mBFs* uns.
Auf einmal ging es in einem gemütlichen Tempo
abwärts, es machte plötzlich Spaß! Ich wünschte mir
sogar, der Flug würde viel länger dauern, doch
schon Sekundenbruchteile später berührten unsere
Füße die Wasseroberfläche. Es tat kaum weh, als
wir tiefer ins Meer eintauchten.

Am Ufer applaudierten Menschen, die
herangeeilt waren, um das Schauspiel zu
beobachten. Ich genoss den Augenblick – aber nur
so lange, bis der Fallschirm ebenfalls auf dem
Wasser aufkam. Da begann er nämlich, sich
zusammenzufalten. Die Plane begrub Ruben und
mich. Wir wollten darunter hervortauchen, aber
plötzlich waren überall Schnüre. Ich verfing mich
darin. Auf einmal waren meine Füße
aneinandergebunden. Die dünnen Seile schnitten
mir ins Fleisch. Ich begann wild zu strampeln,
verhedderte mich dadurch aber immer mehr. Nur
mühsam konnte ich meinen Kopf über Wasser
halten.

Ruben umklammerte mich und schwamm mit mir in
Richtung Ufer. Ich ruderte immer noch wild mit den
Armen, was mehr schadete als es nützte. Wasser
drang mir in die Lunge, vom Ufer her kreischte die
Menge. Den *10mBFs* zogen wir hinter uns her, doch
im Wasser funktionierte er besser als in der Luft und

bremste uns. Dennoch gelang es Ruben, mich über Wasser zu halten und gleichzeitig vorwärtszukommen. Langsam beruhigte ich mich. Ich hörte auf um mich zu schlagen und hielt mich stattdessen an Rubens Schultern fest.

Nach einer gefühlten Ewigkeit spürte ich endlich den Boden unter mir. Prustend blieben Ruben und ich im seichten Wasser liegen. Besorgte Erwachsene drängten sich um uns.

„Es tut mir leid", hauchte Ruben. „Ich war sowas von dumm."

Er sah mir tief in die Augen und schien am Boden zerstört zu sein. Überrascht stellte ich fest, dass ich ihm nicht böse war – schließlich hatte ich selbst entschieden, mit ihm zu springen.

„Schon in Ordnung", krächzte ich.

Ruben nickte leicht, wandte seinen Blick jedoch nicht von mir ab. Ich sah in seine grauen Augen, deren Farbe an ein Sommergewitter erinnerte. Der wilde Ausdruck, welcher sonst immer darin lag, war verschwunden und einer besorgten Miene gewichen.

Obwohl es ein äußerst unpassender Moment dafür war, fühlte ich mich plötzlich, als würde ein Feuerwerk in meinem Bauch explodieren. Ein Feuerwerk vor Freude darüber, dass es Ruben gab … *Littri*, schoss es mir durch den Kopf. *Littri* war das Wort, das ich für dieses Gefühl erfand.

31

Da schob sich ein Mann durch die Menge, der alle Umstehenden einfach zur Seite stieß: Papa. Wortlos packte er meinen Arm und zerrte mich zu unserem Wohnwagen. Ich konnte gerade noch mit einem Fuß die Fallschirm-Schnur abstreifen (was an Land überraschend einfach war) und Ruben einen hilflosen Blick zuwerfen.

3. Kapitel

Chiras

Im Wohnwagen ging das Donnerwetter los.

Papa brüllte: „Was hast du dir dabei gedacht! Mit einem Fallschirm ins Wasser zu springen! Bist du eigentlich verrückt? Es ist quasi ausgeschlossen, dass so etwas *nicht* schiefgeht. Ist es zu viel verlangt, dass du nicht ertrinkst? Wirfst du dich als nächstes vor einen Zug? Ich habe mehr von dir erwartet, Kira! Ich habe gedacht, dass man dich auch einmal fünf Minuten lang unbeaufsichtigt lassen kann! Was ist los mit dir?"

Als ich nicht antwortete, sprach er in einem sanfteren Tonfall weiter: „Wolltest du diesen Jungen beeindrucken? Dazu musst du dich doch nicht auf solche Mutproben einlassen! Für mich hat Ruben gestern gar nicht gewirkt, als würde er Menschen danach beurteilen, ob sie sich bei Aktionen wie dieser beweisen. Und wenn er dich nur dann akzeptieren würde, solltest du sowieso …"

„Nein!", schrie ich dazwischen. „Ich wollte Ruben nicht beeindrucken! Wir wollten …"

33

Ja, was wollten wir eigentlich? Eine Mutprobe war es nicht gewesen, da war ich mir sicher. Aber wie sollte ich Papa die Sache erklären?

„Tut mir leid", presste ich hervor.

Das fühlte sich allerdings falsch an. Es klang, als würde ich meinem Vater recht geben.

Also ergänzte ich: „Aber es war … ganz anders als du denkst. Ruben hat den Fallschirm erfunden, und wir wollten ihn einfach testen und – Spaß haben."

Papa sah mich aus zusammengekniffenen Augen an.

„Und ihr habt keine Sekunde daran gedacht, wie so etwas enden kann?!"

Ich überlegte.

„Eigentlich nicht", gestand ich dann. „Entschuldigung."

Papa antwortete nicht. Er schaute auf meine Hände. Lange sagte er nichts. Ich hörte das Ticken der Uhr an der Wand. Zwanzig Sekunden vergingen, ehe ich mich räusperte

„Darf ich … gehen?"

Papa sah mit einem Mal wieder wütend aus.

„Auf dein Zimmer. Sonst nirgendwo hin."

Kurz darauf saß ich an meinem kleinen, grünen Schreibtisch und starrte aus dem Fenster. Draußen liefen spielende Kinder, verliebte Jugendliche und lächelnde Senioren vorbei. Sie alle hatten Spaß.

Verdrossen kritzelte ich Spiralen auf ein Blatt Papier.

Mein Blick fiel auf mein Handy. Es blinkte: Ich hatte eine neue Nachricht bekommen. Dankbar für die Ablenkung griff ich danach. Als ich sah, wer mir geschrieben hatte, musste ich ein wenig lächeln: Es war Elli.

Elli hatte als einziger Mensch vor Ruben je zu meinen *Freunden* gezählt – und zwar im Kindergarten. Dann war sie mit ihren Eltern nach Kanada gezogen, und seitdem trafen wir uns bloß noch in den Weihnachtsferien, denn da fuhren wir mit unseren Familien in die Alpen. Elli und ich chatteten aber jede Woche zumindest einmal miteinander; deshalb kannte Elli mich vermutlich am besten von allen Menschen außerhalb meiner Familie.

Sie war auch ein bisschen *nibbs*, allerdings auf eine ganz andere Art als ich. Elli bezeichnete sich

35

selbst als Nerd, und dieses Wort beschrieb sie recht gut, obwohl man in ihren SMS wenig davon merkte.

Ich öffnete die Nachricht.

Elli: Hi, Kira! Wie geht es dir? Ich bin gestern im Schachcamp angekommen. Unser Lehrer ist der ehemalige Staatsmeister von Mexiko, und ich habe schon einige sehr spannende Partien mit den anderen Mädchen gespielt. Draußen nieselt es die ganze Zeit, aber wir sind sowieso alle eher Stubenhocker :-). Den Abend haben wir damit verbracht, einander von unseren Heimatorten zu erzählen – schließlich kommen wir aus allen Ländern Amerikas. Und was machst du so? Ist es bei euch sonniger? Hast du neue Wörter erfunden?

Elli fragte mich jedes Mal, ob ich neue Wörter erfunden hatte. Diese benutzte sie dann eifrig, einmal hatte sie ein ganzes Gedicht mit ihnen geschrieben.

Sie selbst hatte sich bisher nur einmal halbherzig einen Begriff ausgedacht, weil ich sie dazu gedrängt hatte: *Chiras*, für unsere gemeinsamen Chats. Obwohl ihn keine von uns besonders gut fand, verwendeten wir ihn.

Mein kleiner Finger, den ich wie gewöhnlich benutzte, um mein Handy zu bedienen, flog über das Display, als ich zurückschrieb; ich hatte ein schriftliches *Kemmini*. Erst, nachdem ich meine Nachricht losgeschickt hatte, las ich sie mir durch.

Hallo, Elli! Schön, dass es dir im Schachcamp gefällt. Ich habe gerade Wohnwagenarrest, weil ich gestern einen total nibbsen *Jungen namens Ruben kennengelernt habe. Heute haben wir etwas absolut Verrücktes miteinander unternommen: Wir sind mit einem selbstgebauten Fallschirm vom 10m-Brett gesprungen. Papa ist deshalb ziemlich wütend auf mich. Ein neues Wort habe ich auch,* Littri. *Das ist ein sehr merkwürdiges Gefühl, ich weiß nicht, ob du es kennst. Es ist vorhin gekommen, als ich Ruben angesehen habe: eine sehr starke Freude darüber, dass es ihn gibt, die sich ein bisschen wie ein Feuerwerk in mir angefühlt hat.*

Meine Beschreibung von *Littri* gefiel mir nicht besonders gut. Sie klang kindisch. Albern.

Sekunden später antwortete Elli.

Elli: Klingt, als hättet ihr Spaß ... Dieser Ruben muss schon ordentlich nibbs *(und lebensmüde) sein, wenn er solche Ideen hat. Und du auch. Übrigens muss ich dich enttäuschen: Eine Bezeichnung für* Littri *gibt es bereits.*

      Ich: Stimmt, vielleicht sind wir ein bisschen zu nibbs. *Was heißt denn* Littri?

Elli: 12/9/5/2/5

Ich runzelte die Stirn. Das waren Zahlen, keine Buchstaben! Dann fiel mir ein, dass Elli Rätsel liebte. Diese Nachricht schien eines zu sein. Und, ich hatte Glück, sie hatte es mir einfach gemacht. Schnell war mir klar, wie ich die Nachricht entschlüsseln musste.

Der zwölfte Buchstabe im Alphabet: L. Der neunte: I. Der fünfte: E. Der zweite: B. Und wieder der fünfte. L. I. E. B. E. Liebe. Aber … Ich schluckte. Noch ehe ich weiter darüber nachdachte, schrieb ich Elli: *Ich bin nicht in Ruben verliebt!!!*

Elli schickte ein Emoji mit hochgezogenen Augenbrauen. Fassungslos starrte ich auf den Bildschirm. Ich kannte Ruben gerade einmal seit gestern! Wie könnte ich in ihn verliebt sein? Ich las mir meine Beschreibung des Wortes *Littri* noch einmal durch: *Eine sehr starke Freude darüber, dass es ihn gibt, die sich ein bisschen wie ein Feuerwerk in mir angefühlt hat.* Mist. Das klang verdammt verliebt. Aber es konnte doch nicht …

Es konnte nicht, es konnte nicht, es konnte nicht! Es konnte doch.

Du hast recht, simste ich Elli.

Geschrieben sahen diese Worte so … *harmlos* aus. Tatsächlich hatten sie alles widerlegt, was ich über Ruben und mich zu wissen geglaubt hatte.

Hilfe!, schickte ich Elli. *Was mach ich denn jetzt?*

Gar nichts, kam es zurück. *Am besten, du versuchst, einfach weiter mit ihm befreundet zu sein. Rate ich dir als jemand, der noch nie verliebt war und nicht die geringste Erfahrung mit so etwas hat.* -0-

Die letzten drei Zeichen sollten einen schulterzuckenden Smiley darstellen, Elli benutzte ihn öfter. Nun machte mich das allerdings wütend: Wie konnte meine älteste Freundin einfach mit den Schultern zucken, wenn ich in der Klemme steckte?

Nach etwa fünf Minuten des Überlegens beschloss ich, ihren Rat zu befolgen. Das konnte doch nicht so schwer sein. Ich würde mir meine Verliebtheit einfach nicht anmerken lassen. Vielleicht verschwand so etwas ja nach einer Weile von selbst …

Wenn ich wenigstens mehr Liebesromane gelesen hätte! Dann wüsste ich ein bisschen besser, was ich zu tun hatte.

Papa klopfte an meine Türe. Ganz normal, ohne besondere Rhythmen. Bei ihm war das ein sicheres

39

Zeichen dafür, dass er schlecht gelaunt oder zumindest sehr ernst war.

„Herein", murmelte ich lustlos.

Papa betrat das Zimmer und setzte sich auf mein Bett. In der Hand hielt er seinen Laptop, den er mir wortlos aufs Bett knallte. Dann verließ er den Raum.

„Salut, Chérie!", tönte eine französisch klingende Stimme aus dem Lautsprecher.

Ich fuhr herum. Das Videotelefonat auf dem Laptop hatte ich gar nicht bemerkt.

„Hallo, Mama! Salut, Elise!"

Auf dem Bildschirm lächelten mir zwei Frauen entgegen. Sie beide hatten rote Locken und ein von Sommersprossen übersätes Gesicht – genau wie ich. Es war unschwer zu erkennen, dass es sich bei ihnen um Schwestern handelte, und auch mein Aussehen passte perfekt in die Familie – mit Ausnahme der rehbraunen Augen, die ich von Papa geerbt hatte.

Die zwei befanden sich in einer kleinen Wohnung und standen vor einem Fenster, aus dem man viele Häuser und sogar die Spitze des Eiffelturmes sehen konnte.

„Was machst du so, Schatz?", fragte Mama mich mit einem breiten Grinsen. Elise neben ihr grinste ebenso breit, schwieg aber; sie sprach kein Deutsch.

„Hat Papa es dir noch nicht erzählt?", entgegnete ich überrascht.

„Doch! Aber das ist nun auch wieder nicht so schlimm, wie er behauptet."

Ich lächelte.

Mama war zweifellos die *Nibbsere* von meinen Eltern und auch weniger streng als Papa. Dennoch war ich mir sicher, dass ihre Reaktion sich nur wenig von der seinen unterschieden hätte, hätte sie den Sprung miterlebt.

„Genießt du den Urlaub?", wollte Mama wissen.

„Ja!", antwortete ich sofort. „Und du?"

„Oh ja, ich auch. Wir haben schon sehr viel zusammen unternommen. Aber ich vermisse euch."

Sie schickte mir einen Kuss durch die Kamera und sah ein wenig traurig drein.

„Ich hoffe, euer Camping bleibt so schön, wie es bisher war", meinte sie dann.

Ich lächelte und versuchte, überzeugt auszusehen.

„Garantiert."

In diesem Moment betrat Papa das Zimmer. Das Anklopfen ließ er diesmal völlig bleiben. Auf seinem Gesicht zeigte sich zwar nicht sein typisches Dauerlächeln, aber immerhin sah er entspannt aus.

„Mittagessen", brummte er.

Erleichtert seufzte ich auf. Ich kannte Papa gut genug, um zu wissen, dass er mich nach der

Mahlzeit nicht zurück in mein Zimmer schicken würde.

„Tschüss!", verabschiedete ich mich von den Frauen und legte auf.

Lieselotte zwinkerte mir beim Essen mehrmals zu. Ich wusste, was das bedeuten sollte: „Etwas Spaß muss doch sein. Ich verstehe dich."

Das nervte mich ständig: Lieselotte war *plitsch*. So nannte ich Frauen, die sich unbedingt jünger fühlen wollten und dazu versuchten, auf dieselbe Art „cool" zu sein wie Jugendliche von heute. Sie benutzten Wörter, die aus ihren Mündern einfach nur peinlich klangen, schickten sich täglich hunderte Nachrichten via Whatsapp und kauften immer die neuesten Trendartikel.

Plitsche Männer gab es auch, aber weil das bei ihnen meist andere Folgen hatte, nannte ich es *kanqui*.

Ich behielt recht mit meiner Vermutung.

42

Papa erwähnte meinen Wohnwagenarrest mit keinem Wort und zuckte nicht einmal mit der Wimper, als ich vorsichtig bekanntgab: „Ich gehe jetzt zu Ruben."

Dieser war gerade dabei, vor seinem Schuppen den 10mBFs zusammenzulegen und stellte sich dabei äußerst ungeschickt an. Ich eilte ihm zur Hilfe, und bald war die Plane ordentlich gefaltet.

„Danke", sagte Ruben leise.

Er sah traurig aus, und ein wenig unsicher.

„Tut dir das mit dem Zehnmeterbrett etwa immer noch leid?", fragte ich, wobei ich fast ein wenig vorwurfsvoll klang.

Ruben nickte. „Du hättest ertrinken können."

Ich sah ihn ungerührt an. „Und du hast mich gerettet."

„Ja, schon." Überzeugt klang Ruben kein bisschen.

Ich wollte seine Hände in meine nehmen, fand aber nicht den Mut dazu, weshalb ich ihm nur eine Hand auf die Schulter legte – sogar dabei spürte ich ein wenig *Littri*.

„Ruben, alles ist gut ausgegangen! Und es war meine freie Entscheidung, mitzumachen! Außerdem: wäre es wirklich dein Fehler gewesen – du hättest ihn längst wieder gutgemacht. Du hast mich doch an Land gezogen!"

43

Ich klang ein bisschen, als würde ich mit Ruben schimpfen. Er sah mich immer noch zweifelnd an, wirkte aber etwas beruhigt.

„Und", ergänzte ich, „der Sprung hat Spaß gemacht. Ich glaube, er war mir das Risiko wert."

4. Kapitel

Mirsch

Rubens schlechtes Gewissen schien bald verflogen zu sein.

Die Nachmittagssonne brannte auf uns herab, sodass wir zunächst einmal schwimmen gehen mussten. Danach war es etwa halb vier – noch genug Zeit, um den Tag zu nutzen.

„Du hast mir versprochen, dass die Ferien verrückt werden", erinnerte ich Ruben. „Ein Fallschirmsprung reicht nicht."

Ruben grinste und überlegte einen Moment.

„Es gibt etwas, das ich schon immer tun wollte", erzählte er.

Ich horchte auf.

„Gutes. Zuhause habe ich dazu nicht viel Gelegenheit, weil ... weil ... ich immer sehr beschäftigt bin. Aber jetzt sind Ferien. Viel Zeit und – keine Eltern. Jedenfalls nicht für mich. Ich möchte irgendetwas tun, womit wir der Umwelt helfen."

Er wies auf den Strand. Trinkhalme, Bonbonverpackungen, Einkaufstüten und noch viel mehr Abfall war angeschwemmt worden. Sogar Teile eines Fischernetzes lagen im Sand.

„Wusstest du, dass ein Zigarettenstummel sechzig Liter Wasser verschmutzen kann? Und jetzt sieh dir mal an, wie viele es hier gibt … Auch der Rest kann gefährlich werden, zum Beispiel für Meerestiere, die den Müll verschlucken oder sich darin verheddern …"

Ruben sah düster Richtung Horizont, als stünde dort die Lösung des Problems geschrieben. Dann wandte er sich ruckartig mir zu.

„Mein Plan wäre, eine Müllsammelaktion zu veranstalten. Keine aufwendige oder lange, aber ich dachte mir, wenn für zwei, drei Stunden alle Camper zusammenhelfen würden – brächte das ziemlich viel."

Ich nickte begeistert. Auf solche Ideen war ich im Urlaub schon mehrmals gekommen, ich hatte mich aber nie getraut, sie in die Tat umzusetzen. Allerdings ahnte ich, dass Ruben nahezu *all* seine Pläne verwirklichte – so *nibbs* sie auch waren.

Eine Viertelstunde später waren unsere Vorbereitungen in vollem Gange: Wir waren zum Besitzer des Campingplatzes gelaufen und hatten von ihm Müllsäcke und Einweghandschuhe bekommen. In den Sand schrieben wir: GROSSES MÜLLSAMMELN! BIS 18:00 UHR. **DU** KANNST

46

DEN MEEREN HELFEN. Um die Buchstaben besser sichtbar zu machen, zogen wir sie mit roten Tropfspuren meiner Wasserfarben nach. Darunter lag ein mit einem Stein beschwerter Zettel, auf dem stand: *Treffpunkt: Hier um 16:30 Uhr.*

Uns blieb noch Zeit bis zum Beginn der Aktion, und die nutzten wir, um möglichst vielen Leuten von der Unternehmung zu erzählen. Die meisten waren sehr interessiert oder taten zumindest so.

Um halb fünf hatte sich eine kleine Schar aus Menschen um unseren Zettel versammelt. Es waren längst nicht alle unter ihnen, die wir angesprochen hatten. Dennoch überraschte es mich positiv, wie viele etwas gegen den Müll im Meer tun wollten.

Ich räusperte mich. „Ähm, hi. Vielen Dank, dass Sie gekommen sind, um mit uns etwas für die Umwelt zu tun. Wir haben uns vorgenommen, bis sechs Uhr Müll einzusammeln – und zwar alles, was sich finden lässt. Es ist schön, dass Sie uns dabei unterstützen wollen. Nun geben wir Ihnen Müllsäcke und Handschuhe – dann kann es losgehen."

Die Umstehenden applaudierten höflich.

Nachdem wir die nötigen Materialien ausgeteilt hatten, machten sich alle ans Einsammeln – auch wir.

Mir fiel auf, dass besonders viele Kinder und Jugendliche unter den Helfern waren – mit Eltern oder auch ohne. Besonders die Jüngsten steckten mit Begeisterung alles ein, was sie finden konnten. Ich wünschte mir, die Erwachsenen wären ein wenig mehr wie sie.

Irgendwann schaltete ein Mädchen laute Musik ein. Dazu stellte es sein Handy in eine große Schüssel, die den Sound perfekt verstärkte. Im Takt bückten die Menschen sich und hoben Abfälle auf.

Ruben und ich teilten uns einen Sack. Wir waren beide hochmotiviert und warfen alles hinein, was nicht in oder ans Wasser gehörte. Zuerst füllte sich der Beutel noch sehr schnell, doch mit der Zeit fanden wir immer weniger – ein Zeichen für den Erfolg unserer Mission.

Nach einer Weile begann der Eifer der Leute zu schwinden. Viele machten Pausen oder gaben ganz auf, auch die anderen wirkten immer lustloser.

„Wir sollten das Ganze abbrechen", riet ich Ruben. „Sonst behalten alle das Müllsammeln in schlechter Erinnerung."

Ruben nickte. „Es wären sowieso nur noch zwanzig Minuten übrig." Er schaute grüblerisch in die Wolken. „Und der Himmel sieht nach Gewitter aus."

Ich klatschte in die Hände, bis sich alle zu uns umgedreht hatten.

„Wir beenden das Müllsammeln an dieser Stelle", verkündete ich. „Vielen Dank für eure Unterstützung. Der Strand ist viel sauberer als zuvor."

Ein Großteil der Freiwilligen seufzte erleichtert auf, von einigen hörte ich auch unwilliges Murmeln. Dennoch sahen sie alle zufrieden und stolz aus - so, wie ich mich fühlte.

Tatsächlich hatte unsere Aufräumaktion etwas gebracht. Ich konnte kaum mehr Müll finden; der Strand sah aus wie auf einer Postkarte.

„Gehen wir noch kurz schwimmen, bevor das Gewitter kommt?", schlug Ruben vor, nachdem wir den Abfall in die Müllcontainer hinter dem Gasthaus geworfen hatten.

Ich wollte gerade zustimmen, als Papa hinter mir stand. Er strahlte wie eh und je, also hatte er seinen Ärger auf mich vergessen.

„Habt ihr beim Müllsammeln mitgemacht?", erkundigte er sich.

„Wir haben das Ganze überhaupt erst organisiert!", antwortete ich.

Papa sah mich mit gespielter Überraschung an, und da wurde mir klar, dass er es gewusst hatte.

Ich tadelte: „Warum hast du nicht mitgemacht?"

Papa zog die Schultern hoch. „Es war eben so heiß", meinte er. „Und ich hätte ohnehin nicht viel verändert, so fleißig, wie die anderen waren."

Ich runzelte die Stirn. „Ausreden. Du warst einfach zu faul."

„Naja." Papa wiegte den Kopf. „Vielleicht."

Ich sah ihn kurz wütend an, konnte aber nicht lange böse sein. *Er* hatte mir immerhin auch bald verziehen.

Weil Papa mich zum Abendessen holte und Ruben ebenfalls einlud, verzichteten wir auf das Baden. Im Gastgarten hörten wir bereits Donnergrollen aus der Ferne, und wenig später fiel mir der erste Tropfen auf die Nase.

Ich stand sofort auf und tanzte, wie das jedes *nibbse* Kind getan hätte. Ruben kam zu mir, gemeinsam hopsten und sprangen wir über die Wiese – elegant sah es wohl nicht aus, aber es machte Spaß.

Immer stärker begann es zu regnen, sodass wir unsere Speisen nehmen und uns an einen überdachten Tisch setzen mussten. Dennoch konnte ich das *Nistern* hören – das Geräusch, das Wasser beim Versickern macht. *Mirsch* – der Geruch von

Sommerregen – stieg mir in die Nase. Aus der Dachrinne plätscherte es.

Hastig schlangen Ruben und ich alles hinunter, um möglichst wenig Niederschlag zu verpassen.

Plötzlich tippelte jemand durch die Tischreihen: das Mädchen, das beim Müllsammeln die Musik eingeschalten hatte. Ich erkannte es, weil es mir bereits zuvor aufgefallen war in dem knallbunten Gewand, das es trug.

Lächelnd kam es auf uns zu.

Es war sehr großgewachsen und überragte Ruben um einen halben, mich sogar um einen ganzen Kopf – obwohl es etwa gleich alt zu sein schien wie wir.

„Ich heiße Sarah!", verkündete es in einem Tonfall, der sofort verriet, dass es sehr selbstbewusst war.

„Kira", murmelte ich.

„Ruben", sagte Ruben.

„Lieselotte. Aber du kannst mich Lilo nennen, wenn du möchtest!", rief Lieselotte.

Sarah sah sie kurz verdutzt an, wandte sich jedoch sogleich wieder Ruben und mir zu.

„Eure Müllsammelaktion war sowas von cool! Ich finde es total wichtig, dass wir etwas für unsere Zukunft tun, und für die Zukunft der Welt.

51

Schließlich sind wir Menschen dafür verantwortlich, die Erde zu retten – weil wir sie ja auch gefährden."

Das sprudelte in einem beachtlichen Tempo aus ihr heraus, vergleichbar mit dem bei meinen *Kemminis*. Mir war klar, dass sie zu den Menschen gehörte, die gerne redeten und die Aufmerksamkeit am liebsten für sich allein hatten – was ich auf Dauer meistens nervig, aber eigentlich nicht schlimm fand.

Nach einer Kunstpause, die keine ganze Sekunde dauerte, redete Sarah weiter: „Ihr beiden, wart ihr nicht die, die mit dem Sonnensegel vom Turm gesprungen sind? Das war witzig. Dumm, aber witzig. Ihr seid ein bisschen verrückt, wisst ihr? Naja, ich kann ja nicht behaupten, dass ich es nicht wäre, aber …"

„Es war kein Sonnensegel. Es war mein selbstgebauter Fallschirm, *10mBFs*", fiel ihr Ruben ins Wort. Dabei klang er erschreckend gekränkt, richtig beleidigt.

Sarah sah ihn bloß schief an.

„Lässt du uns jetzt wieder alleine?", bat Ruben bemüht ruhig.

Ich beäugte ihn fragend. Was hatte er gegen Sarah?

„Nein", kicherte sie.

Rubens genervter Unterton schien ihr völlig entgangen zu sein.

„Ich bleibe noch. Aber zuerst hole ich mein Handy, ihr müsst mich kurz entschuldigen. Es liegt nämlich noch in der Schüssel auf der Wiese. Gut, dass es wasserdicht ist."

Sie drehte sich um und eilte davon.

„Sowas von unverschämt", knurrte Ruben. „Ich hasse es, wenn Menschen immer Alleinunterhalter sein wollen und andere gar nicht zu Wort kommen lassen. Meine Schule war … ist voll von solchen Leuten. Hast du zufällig ein Wort für sie?"

Ich überlegte kurz. „*Kranocher*", entschied ich dann. Es klang nicht besonders gut, aber immerhin auch nicht gemein.

„Gut", zischte Ruben. „Sie ist eine absolute *Kranocherin*. Und ich kann *Kranocher* nicht leiden – wie gesagt." Er lachte verlegen.

In diesem Moment kam Sarah zurück und stellte sich mit einer Selbstverständlichkeit neben uns, als wären wir seit Jahren beste Freunde.

5. Kapitel

Fleberin?

Den Rest des Abends wich Sarah nicht von unserer Seite und ging damit auch mir zunehmend auf die Nerven. Dennoch musste sogar Ruben zugeben, dass sie sehr lustig war.

Der Regen hörte nicht auf zu prasseln, was ich eigentlich genossen hätte: Meiner Meinung nach brauchte jeder richtige Urlaub ein Sommergewitter. Ich liebte das Gefühl, barfuß hindurchzurennen – und Ruben hätte bestimmt begeistert mitgemacht.

Mit Sarah war das allerdings nicht so einfach.

„Stellen wir uns im Gasthaus unter, bis es vorbei ist!", hatte sie gesagt.

Und so waren wir verblieben.

Nun saßen wir in einem weißen Saal mit Parkettboden, in dem verstaubte Tische standen. Er wurde von Neonröhren beleuchtet und erweckte nicht den Eindruck, sonderlich häufig benutzt zu werden – wozu auch, wenn man ebenso draußen sitzen konnte?

„Bis es vorbei ist", brummte Ruben verdrossen. „Ich glaube, da können wir lange warten."

Er behielt recht. Eine Stunde später hatte das Wetter noch nicht aufgeklart – vielmehr schien es von Minute zu Minute stürmischer zu werden. Immer wieder erhellten Blitze für Sekundenbruchteile den Himmel, fast zeitgleich folgte der Donner.

Wir waren die einzigen Menschen im Raum, und dementsprechend langweilten wir uns. Lieselotte sah hochkonzentriert auf ihr Handy, doch ich erhaschte einen Blick auf das Display und erkannte, dass es nicht einmal eingeschaltet war. Man konnte es wirklich übertreiben mit den Coolness-Versuchen … Papa hatte einen Notizblock dabei, auf dem er Skizzen von Bootstriebwerken verglich. Dabei sah Ruben ihm über die Schulter.

Nach einer Weile sprang Sarah auf und verkündete: „Wir drehen ein Musikvideo."

Ruben und ich sahen sie nur mit großen Augen an, Lieselotte hingegen war sofort Feuer und Flamme.

„Was für eine gute Idee! Ich weiß schon den perfekten Tanz. Ihr könnt ihn alle nachmachen, er ist ganz einfach. Vielleicht kennt ihr das Lied: *Eh Macarena!*" Schon begann sie, laut und falsch zu singen.

„Tut uns wirklich leid", wandte Sarah vorsichtig ein, „aber vielleicht solltest du lieber nicht

55

mitmachen. Wir glauben dir, dass du sehr gut tanzen kannst, aber wir wollen ein Video für Leute in unserem Alter drehen – die können sich mit Erwachsenen schlecht identifizieren."

Sie sagte das, als wäre sie vom Inhalt ihres Satzes fest überzeugt. Meine Tante schien kurz etwas erwidern zu wollen, schwieg jedoch.

Sarah plapperte weiter: „Ich schlage vor, wir suchen uns ein altes – damit meine ich ein wirklich sehr altes – Lied aus und erfinden einen neuen Tanz dazu. Vielleicht können wir dann dafür sorgen, dass der Song wieder total der Renner wird! Es muss zum Sommer passen und am besten was mit dem Meer zu tun haben. Ich hätte eine Idee, die vielleicht zuerst nicht so überzeugend klingt, aber, ich bin sicher, dass wir damit Erfolg hätten: *What shall we do with the drunken sailor*."

Ruben und ich sahen sie skeptisch an.

„Kommt schon!", rief Sarah. „Sowas klappt richtig oft, wisst ihr?"

„Wennschon", entgegnete Ruben. „Wer sagt, dass wir gefilmt werden wollen? Und dass wir überhaupt tanzen können?"

„Jeder kann tanzen!", lachte Sarah in einem Tonfall, als hätte Ruben einen guten Witz gemacht. „Und das wird das Gute an unserer Choreografie:

Sie soll derart einfach sein, dass man sie ohne Probleme nachmachen kann!"

Und so begannen wir, Ruben und ich anfangs nicht sonderlich begeistert. Weil wir nicht sofort drehen wollten, sondern lieber morgen im Freien, dachten wir uns zuerst den Tanz aus. Dazu suchten wir uns das Lied aus dem Internet heraus. Der Computer hatte fast zwei Millionen Ergebnisse parat, darunter auch eine ganze Menge Musikvideos.

Ich fragte Sarah, wie unseres bei so viel Konkurrenz überhaupt eine Chance haben sollte, und sie antwortete: „Da gibt es viele Gründe. Es wird eben besonders gut werden. Vor allem, weil einfache Schrittfolgen, die trotzdem cool aussehen, zum Mitmachen anregen."

Sie schien keinerlei Zweifel daran zu haben, dass wir mit dem Clip berühmt werden würden.

Wir hörten das Lied mehrmals ganz durch, dann mit bloß einem Viertel der Geschwindigkeit. Sarah machte dazu Bewegungen mit ihren Armen und Beinen, die hampelig und gleichzeitig langweilig aussahen. Ruben und ich waren sprachlos. Ans Mitmachen dachten wir gar nicht, obwohl Sarah uns mehrmals auffordernde Blicke zuwarf.

Nach einigen Minuten übernahm Ruben das Kommando. Wortlos änderte er eine Einstellung bei

Sarahs Handy, sodass die Musik in normaler Geschwindigkeit heraustrudelte. Und dann tanzte er.

Ruben tanzte *gut*. An jeder Stelle machte er, ohne lange darüber nachzudenken, sofort passende Sprünge oder Drehungen. Er bewegte sich locker und kam kein einziges Mal auf dem Takt. Die Schritte, die er erfand, waren einfach, aber sie sahen bei ihm aus wie die lange geübte Kür eines Tanzprofis. Sarah und ich hatten anfangs Mühe, ihm nachzumachen, aber einige Durchgänge später beherrschten auch wir die Abfolge.

„Wow", japste Sarah, der Schweiß auf der Stirn stand. „Hast du das irgendwo gelernt?"

„Hatte mal so einen Kurs", erzählte Ruben. „Ungefähr ein halbes Jahr lang. Aber dann wollte ich nicht mehr, und meine Eltern haben mich abgemeldet."

Die letzten sechs Wörter. Etwas war seltsam an ihnen. Ruben sprach sie anders aus als den Rest seines Satzes, als gehörten sie nicht dazu … aber bestimmt bildete ich mir das bloß ein – oder?

Nach einigem Proben beherrschten wir den Tanz nahezu perfekt. Wir machten nur noch sehr selten

Fehler, und, auch wenn ich das nicht zugegeben hätte, kam ich mir langsam richtig elegant vor.

„Jetzt müssten wir uns nur noch überlegen, wie das Video aussehen soll, es drehen und natürlich die Musik aufnehmen", jubilierte Sarah.

Ruben verschluckte sich hörbar. „Wir nehmen die Musik *selbst* auf?"

Sarah zog die Augenbrauen hoch. „Natürlich nehmen wir sie selbst auf! Sonst würden wir doch gegen das Copyright verstoßen. Man darf Musik im Internet nämlich nicht einfach so für eigene Videos benutzen, auch wenn viele das nicht wissen. Wir hatten in der Schule erst kürzlich einen Vortrag darüber, und falls ich das richtig verstanden habe …"

Ich stellte auf Durchzug und bemühte mich, diese neue Information erst einmal zu verarbeiten. Natürlich, ich *hätte* mich weigern *können* mitzumachen, aber irgendwie war es ja auch lustig. Und wenn Ruben ebenfalls dabei war …

„Wir können doch gar nicht singen", protestierte ich dennoch. „Bei uns klingt das ja nicht *professionell.*"

Sarah wiegte den Kopf. Ich wusste, dass mein Einwand berechtigt war, und sie wusste das ebenfalls. Aber Sarah gehörte, das hatte ich schon bemerkt, zu den *Flebern* – den Menschen, die ihre

Fehler nicht zugeben konnten, nicht für Kritik offen waren und folglich auch selten Verbesserungsvorschläge annahmen.

Sie rang mit sich. „Na gut", seufzte sie dann. „Laden wir uns eben irgendein Audio herunter und benutzten es. Schließlich hält sich sowieso niemand an diese Musik-Regeln. Wir werden schon keinen Ärger kriegen deswegen. Nur den Urheber, den müssen wir angeben." Sie grinste versöhnlich.

Für das Planen der Aufnahmen benötigten wir etwa eine halbe Stunde. Sarah wollte den Inhalt des Liedes wie in einem kurzen Musical nachspielen.

Ruben sollte den „Drunken Sailor", den betrunkenen Seemann, darstellen. Das Problem war, dass dieser im Lied gefoltert wurde: Wir hätten Ruben in ein leckes Boot legen, mit einer rostigen Klinge am Bauch rasieren und auf viele andere Arten quälen müssen.

Deshalb verwarfen wir die Idee und beschlossen, uns einfach an Rubens Choreografie zu halten.

„Am besten", fand Sarah, „wäre es, wenn wir das Ganze auf einem Segelboot mit Holplanken machen würden. Das sieht richtig piratig aus. Holzboote gibt es hier zu mieten, das Segel müssten wir erst basteln."

„Aber das machen wir morgen", gähnte Ruben.

Jetzt erst bemerkte ich, wie müde auch ich war.

Papa und Lieselotte saßen an einem Tisch in der Nähe und hatten begonnen, Rotwein zu trinken.

„Schlaft ruhig", lallte Papa zu uns herüber. „Wir verbringen hier die Nacht, es ist zu regnerisch, um heimzugehen. Und Charly hat nichts dagegen."

Charly, das war der Besitzer des Gasthauses. Er und seine Familie wohnten darin, und wir kannten ihn seit Jahren.

Weil Papa nicht nach Sarahs Eltern fragte, wusste ich, dass er sehr betrunken sein musste, aber ich war zu erschöpft, um mir darüber Sorgen zu machen.

Ruben, Sarah und ich holten uns Sitzkissen von einigen Stühlen und breiteten sie auf dem Boden aus. Das war zwar nicht sehr bequem, aber immerhin angenehmer, als auf dem nackten Boden zu schlafen

Ruben legte sich ganz nah zu mir, sodass sich unsere Arme berührten. Der Körperkontakt löste ein leichtes Kribbeln in mir aus – war das bloß die Wärme oder doch ein wenig *Littri*?

61

6. Kapitel

Klabey

Die ganze Nacht dauerte das Gewitter an, doch pünktlich bei Tagesanbruch fielen die letzten Regentropfen, und die Sonne schob sich hinter den Wolken hervor.

Gähnend erwachte ich. Ich war die Erste.

Papa und Lieselotte waren neben den geleerten Gläsern eingeschlafen und lagen quer über den Tisch.

Ruben murmelte mit im Schlaf leise vor sich hin; mehr als die Wörter „Mama" und „Freiheit" verstand ich aber nicht.

Sarah war näher an Ruben herangerückt und hatte einen Arm um ihn gelegt. Halb im Spaß, halb im Ernst schob ich sie ein Stück zur Seite.

Sobald alle aufgewacht waren, machten wir uns ans Basteln eines Segels aus zwei alten T-Shirts. Als wir damit fertig waren, mieteten wir ein Boot, in dessen Mitte wir es aufstellten.

62

„Kira, möchtest du viel zu sehen sein oder bloß im Hintergrund? Ruben ist ein begabter Tänzer, er muss auf jeden Fall eine große Rolle spielen. Ich ebenfalls. Aber du …"

Ich musste mich bemühen, nicht das Gesicht zu verziehen. Sarah hatte sich beim Proben gestern kein bisschen geschickter angestellt als ich und keinen Grund, zu tun, als könnte sie es besser.

Aber weil ich keinen Streit wollte, sagte ich bloß: „Ist mir nicht so wichtig."

„Wer sagt eigentlich, dass ich mitmache?", mischte Ruben sich ein.

Wir sahen ihn überrascht an.

„Warum solltest du nicht?" Sarah klang beinahe panisch, als sie das fragte.

„Ich mag es nicht, gefilmt zu werden", erwiderte Ruben mit einem hochnäsigen Blick, der überhaupt nicht zu ihm passte.

Sarah wollte protestieren, schien aber einzusehen, dass jegliche Überredungsversuche zwecklos waren.

„Dann mach halt die Kamera", knirschte sie.

Das Tanzen auf dem schaukelnden Boot entpuppte sich als überraschend schwierig. Bei jeder noch so

63

kleinen Welle kippte es leicht in eine Richtung und unsere Füße wackelten mit. Meine Knie zitterten; ständig fiel ich um oder musste mich an Sarah festhalten. Ruben hatte eine wasserdichte Kamera dabei, mit der er uns filmte, aber erst beim elften Versuch gelang es uns, immerhin zum Refrain richtig zu tanzen – und selbst das sah nicht sonderlich elegant aus.

„Ich denke, es kann dauern, bis ihr das draufhabt", stellte Ruben fest.

„Ist doch egal. Wir haben Zeit bis morgen Nachmittag. Da fahre ich nämlich ab", entgegnete Sarah, lächelte ihn an und klimperte mit den Wimpern.

Ruben grinste schief zurück.

Wir wurden von Minute zu Minute besser.

Zuerst machte es noch Spaß, die Schritte immer und immer wieder zu wiederholen in der Hoffnung, dass sie uns irgendwann perfekt gelängen, doch nach einer Weile waren wir schweißgebadet, durstig und lustlos. Außerdem fühlte sich meine Stirn an, als entstünde dort ein Sonnenbrand. Aber unser aller Ehrgeiz war gepackt. Jetzt würden wir nicht mehr aufgeben.

64

Und wir hatten Erfolg. Nachdem wir jede Bewegung einwandfrei geschafft hatten, ruderten wir zurück an Land.

„Schade, dass das Segel nicht wirklich funktioniert", seufzte Sarah.

Da konnte ich ihr nur rechtgeben, denn wir alle hatten schmerzende Arme: Sarah und ich vom Tanzen, Ruben vom Halten der Kamera.

Punktgenau vier Stunden hatten wir benötigt. Die Mietkosten des Bootes waren entsprechend hoch, aber Sarah bezahlte sie, ohne zu murren.

Sarah hatte die Videoschnipsel sehr schnell zusammengeschnitten und lud den fertigen Clip sogleich auf mehreren Plattformen im Internet hoch. Papa war davon nicht besonders begeistert, aber nach all der Zeit, die wir in die Produktion gesteckt hatten, wollte er es uns auch nicht verbieten.

Von da an sah Sarah im Minutentakt auf ihr Handy und erzählte uns, wie beliebt unser Video bereits war. Am späten Nachmittag hatte es mehr als

65

eintausend Klicks, worauf sie mächtig stolz war. Ich lächelte bloß halbherzig, wenn Sarah von unserer Berühmtheit schwärmte. Mir war ein wenig unwohl bei dem Gedanken, wie viele Menschen mich beim Tanzen gesehen hatten. Dass wir „Weltstars" waren, wie Sarah es einmal ausdrückte, bezweifelte ich außerdem. Aber ich sagte mir, dass sie sich bestimmt besser im Internet auskannte als ich und dass ich nicht unnötig mit ihr diskutieren wollte.

Nach einer Weile verdrehten Ruben und ich bloß noch die Augen, sobald Sarah uns über die Fortschritte unsere Tänzer-Karriere unterrichtete.

Zum Glück wollten ihre Eltern noch etwas Zeit mit ihr verbringen, weshalb wir für den Rest des Tages Ruhe vor ihr hatten.

Bei Sonnenuntergang spazierten Ruben und ich am Wasser entlang. Der Sand knirschte unter unseren nackten Füßen. In der Luft lag Sommer.

„Wie nennen wir ihn?", fragte Ruben.

„Wen?", antwortete ich überrascht.

„Na, den Sommer!"

„Aber er heißt doch schon Sommer!?"

„Du heißt auch schon Mensch. Und trotzdem hast du noch einen Vornamen: Kira."

66

Endlich verstand ich, was Ruben vorschwebte.

Eigentlich keine schlechte Idee.

Nach kurzem Überlegen sagte ich: „*Kibaru*."

Ruben sah mir in die Augen. Er musste bemerkt haben, dass das Wort aus den Buchstaben unserer Vornamen bestand. Aber fand er das gut? Unkreativ? Kindisch?

Er nickte nachdenklich. „Klingt nicht schlecht."

Ich war mir nicht sicher, ob Ruben das ernst meinte oder nur freundlich sein wollte, aber immerhin benutzte er den Begriff. Das merkte ich, als er mich kurz darauf fragte: „Wie lange wird *Kibaru* noch dauern?"

Ich erschrak über diesen Satz.

„Was meinst du damit?"

„Naja … *Kibaru* ist der Sommer bloß, solange wir ihn zusammen verbringen. Und da möchte ich eben wissen, wie lange du eigentlich noch hierbleibst bevor ihr … abreist."

„Noch lange", sagte ich. „Das legen Papa und ich nicht im Voraus fest. Er hat nämlich in den Sommerferien sowieso frei, weil er hauptberuflich Physiklehrer ist. Wir schauen einfach, wie lange es uns hier gefällt. Und du?"

Die beiden Wörter am Ende klangen, als hätte ich sie nur aus Höflichkeit hinzugefügt oder um Gesprächsstoff zu haben. Tatsächlich fürchtete ich

67

mich vor der Antwort: Was, wenn ich mich bald von Ruben verabschieden müsste?

„Ach, bei mir ist das wie bei euch. Ich bleibe einfach, solange ich möchte."

„Und deine Eltern?"

„Was ist mit ihnen?"

„Machen sie sich keine Sorgen? Meine würden nicht zulassen, dass ich einfach allein verreise. Und dann auch noch eigentlich illegal und ohne festen Rückkehrtermin."

„Oh, sie haben keine Angst um mich! Mama und Papa sagen immer, Kinder, die man einschränkt, suchen nach Schlupflöchern und belügen ihre Eltern. Dann gibt es keine Vertrauensbasis. Lässt man ihnen jedoch mehr Freiheit, werden sie von klein auf selbstständiger und akzeptieren auch Sicherheitsmaßnahmen." Er lächelte. „Was natürlich nicht heißen soll, dass sie sich weniger um mich kümmern oder mich nicht so lieben wie andere ihre Söhne. Sie trauen mir bloß zu, selbst ein wenig für mich zu sorgen."

„Sie sind ziemlich *nibbs*, oder?"

„Von ihnen hab ich das geerbt", antwortete Ruben mit gespieltem Stolz.

Ich spürte, dass er das Thema an dieser Stelle gerne abgeschlossen hätte – schon allein, weil der Schlusssatz so gut klang, wie die letzten Wörter aus einem Buchkapitel. Trotzdem vergewisserte ich mich: „Aber du telefonierst wenigstens mit ihnen, oder?"

„Jeden Abend", bestätigte Ruben.

Der nächste Tag war kühl. Die ganze Zeit hatte der Himmel ein farbloses Grau, die Sonne zeigte sich höchstens dann und wann für ein paar Minuten. Zum Schwimmen war es zu kalt.

Sarah und ihre Eltern reisten, anders als geplant, bereits am frühen Morgen ab. Aufgrund des Wetters wollten sie nicht länger bleiben. Sarah und ich tauschten zuvor noch unsere Telefonnummern aus. Ich wollte auf jeden Fall mit ihr in Kontakt bleiben, weil sie streng genommen doch etwas wie eine Freundin war.

Dennoch war ich mehr erleichtert als traurig, was mir kurz ein schlechtes Gewissen bescherte. Aber meine Schuldgefühle verdrängte ich bald, indem ich mir sagte, dass ich einfach ein wenig Zeit mit Ruben allein verbringen wollte, dass ich Sarah bald anrufen würde und dass es kein richtiger Verrat war, weil wir uns kaum kannten.

Papa und Lieselotte beschlossen, mit mir in die Stadt zu gehen. Ich lud Ruben ebenfalls ein – er wirkte nicht sehr begeistert, stimmte aber zu.

Wir schlenderten die Strandpromenade entlang, auf der es von Touristen wimmelte. Ruben schien die ganze Zeit ein wenig angespannt zu sein. Vielleicht, überlegte ich, kam er vom Land und störte sich an den unbekannten Reizen. Oder er hatte Angst vor den kleinen Hündchen, die viele Touristen mit sich führten.

Zu Mittag aßen wir in einer Pizzeria, aus der es köstlich duftete. (Lieselotte war wegen ihrer Diät zuerst gegen diesen Vorschlag, ließ sich aber überzeugen, weil es auch Salate gab.)

Beim Bestellten druckste Ruben herum: „Also, ich habe … Also, ich nehme … gar nichts."

„Wie bitte?", fragte der Kellner.

„Ich habe keinen Hunger. Ich esse nichts."

Ich erinnerte mich, dass sein Magen wenige Minuten zuvor noch knurrende Geräusche von sich

70

gegeben hatte und sah ihn fragend von der Seite an. Er wich meinem Blick aus.

„Der arme Junge hat kein Geld!", rief Lieselotte aus und schlug die Hände vor dem Mund zusammen. „Wir laden dich *gerne* ein, Ruben."

Sie grinste mich an, als hätte ich es ihr zu verdanken, wenn ich Ruben heiraten und eine glückliche Ehe mit ihm führen würde.

Ruben rang mit sich und sah aus, als wollte er widersprechen, aber dann nickte er.

„Vielen Dank. Ich nehme die Schinkenpizza, bitte."

„Warum hast du kein Geld?", platzte es aus mir heraus, sobald der Kellner sich entfernt hatte.

„Weil meine Eltern mir zu wenig mit in den Urlaub gegeben haben. Ich hatte fünfzig Euro, und die sind … aufgebraucht."

Er sah beschämt drein.

Ich war mir nicht sicher, ob Ruben die ganze Wahrheit sagte. Einerseits verstand ich nicht, warum er mir etwas verschweigen sollte, aber andererseits …

„Habt ihr finanzielle Probleme?", erkundigte ich mich vorsichtig.

Ruben sah mich wie vom Donner gerührt an. Er wirkte gleichermaßen geschockt wie erleichtert, und er nickte.

Später besuchten Papa und Lieselotte ein Theaterstück, das sie unbedingt sehen wollten. Papa fragte, ob Ruben und ich uns solange selbst beschäftigen könnten. Natürlich bejahte ich, schon allein aus Freude darüber, dass Papa den *10mBFs* nicht erwähnte.

Wir sollten in Rubens Schuppen warten. Den Weg dorthin beschrieb ich den Erwachsenen.

Ruben schlug vor, spazieren zu gehen. Ich war einverstanden, ahnte aber, dass es ihm nicht um die Runde selbst ging. Mein Verdacht bestätigte sich, als er ein Stoffbündel in der Größe und Form eines Sitzballs mitschleppte. Wann immer ich einen Blick hinein werfen wollte, zog er es weg, und obwohl es recht schwer zu sein schien, erlaubte er mir nicht, ihm beim Tragen zu helfen.

Als wir an einen Bach kamen, zeigte Ruben mir endlich, was er mitgetragen hatte: Einen Kürbis. Einen riesigen, orangefarbenen Kürbis. Langsam wurde mir klar, was er vorhatte.

„Du willst doch nicht …", begann ich.

„Doch."

Er grinste mich abenteuerlustig an, und sofort spürte ich eine Menge *Littri* in meinem Bauch.

72

„Woher hast du ihn überhaupt?", erkundigte ich mich, um etwas Zeit zu schinden. Zeit, in der ich mich entscheiden konnte, ob ich mitmachen wollte.

„Von meinem Vater. Er war Bauer."

„War?"

„Natürlich ist er es immer noch."

Kurz dachte ich an Rubens Koffer, in dem die riesige Frucht wahrscheinlich nur knapp Platz gefunden hatte.

„Du reist mit seltsamem Gepäck", bemerkte ich.

Ruben nuschelte etwas, das entweder „Bin ja nibbs" oder „Find ich nicht" bedeuteten konnte.

Der Kürbis war innen bereits ausgehöhlt, Ruben musste bloß noch den Deckel abnehmen.
Gemeinsam hievten wir die Frucht ins Wasser. Sofort begann die Strömung, daran zu zerren, aber wir hielten den Kürbis fest. Ruben stieg zuerst ein. Das zusätzliche Gewicht, das ich festhalten musste, zog mich beinahe in den Bach.

„Kommst du auch?", erkundigte er sich.

Es war eine Frage, keine Aufforderung. Ich hatte ein ungutes Gefühl im Bauch, doch verneinen wollte ich nicht – trotz der Katastrophe, in der der Sprung mit dem 10mBFs geendet hatte.

73

Also kam ich auch.

Im Kürbis war es sehr eng. Ruben und ich mussten uns an die Wände drücken, um nicht aufeinander zu fallen.

Da ging die Fahrt auch schon los.

Der Kürbis begann, sich unkontrolliert zu drehen. In rasantem Tempo trieb er den Bach hinunter, denn die Strömung war viel stärker, als ich erwartet hatte. Bei jedem Knick, den der Bachlauf machte, wurden wir gegen die Böschung am Rand geworfen.

Bald wurde das Wasser tiefer, breiter und gerader, die Strömung aber nicht stärker. Dadurch fühlte sich das Ganze etwas weniger gefährlich an, und zum ersten Mal konnte ich die Fahrt ohne große Bedenken genießen. Aber das blieb nicht lange so. Nach einer Weile teilte sich der Fluss – wie man ihn an dieser Stelle bereits nennen konnte – in zwei Bäche auf. Wir rasten auf die Gabelung zu.

„Rechts", sagte Ruben.

Wir warfen uns beide in die besagte Richtung, was zur Folge hatte, dass der Kürbis in den rechten Flussarm schlenkerte.

Das entpuppte sich schon wenig später als die falsche Entscheidung, denn nach einer Weile war das Wasser nur noch sehr seicht, sein Weg kurvig.

Einmal wurden wir ganz an Land geschleudert, der Kürbis kippte aber zurück ins Wasser wie ein

Stehaufmännchen. Kurz hingen wir seitlich, dann richtete sich das Gemüse wieder vollständig auf.

Mir wurde schwindelig, aber es machte Spaß. Wie in einer gigantischen Wasserrutsche fühlte es sich an, den Bach hinunterzusausen. Zu dem *Littri* in meinem Bauch mischte sich ein anderes Gefühl, das ich vom Achterbahnfahren kannte. Ich nannte es spontan *Klabey*.

7. Kapitel

Autsch

Nach und nach bekam der Kürbis Risse durch unser Gewicht, und er füllte sich mit Wasser. Schließlich fiel der Boden völlig ab, das Gemüse sank mit einem Mal auf den Grund des Gewässers, der sich an dieser Stelle glücklicherweise höchstens siebzig Zentimeter unter uns befand.

Ich war mehr erleichtert als erschrocken. Lachend stiegen Ruben und ich aus. Ich hatte etwas wackelige Knie, aber zusammen schafften wir es, die Frucht an den Rand des Gewässers zu ziehen. Weil sie dabei noch mehr zerfiel und wir sie nicht mehr heben konnten, ließen wir sie dort im Moos liegen.

Um zurück zum Campingplatz zu kommen, gingen wir einfach den Bach entlang. Er mündete neben einer Straße, die ich kannte, ins Meer. Dieser folgten wir, bis wir an „unserem" Strand waren.

Kurz darauf begann es zu nieseln. Zu wenig, um darin zu tanzen, aber zu viel, um es zu ignorieren.

76

Deshalb setzten wir uns in Rubens Schuppen.

Mir fiel ein leicht modriger Geruch auf; vielleicht waren die Wände verfault.

Rubens Koffer lag geöffnet auf dem Boden. Ich bemerkte ein Gerät, das herauslugte. Es war ein Smartphone, ein sehr neues Smartphone. Obwohl ich mich damit kaum auskannte, sah ich auf den ersten Blick, dass es teuer gewesen sein musste.

Ich griff danach.

„Was ist das?", fragte ich.

„Mein Handy", antwortete Ruben. „Mein Onkel hat es mir geschenkt. Zum Geburtstag. Er ist reich, viel reicher als wir. Allerdings auch sehr verschwenderisch. Für wichtige Dinge gibt er uns nie Geld, er meint, das wären doch keine passenden Geschenke."

Ich glaubte ihm nicht. Die Worte klangen falsch, gelogen. Ich überlegte.

Eigentlich schien Ruben mir schon die ganze Zeit etwas zu verheimlichen.

Eigentlich klang die Geschichte von seinen Bauern-Vater unglaubwürdig.

Eigentlich reiste er mit zu seltsamem Gepäck, um tatsächlich einen Campingurlaub geplant zu haben.

War es besser, Ruben auf all diese Dinge anzusprechen? Ich schüttelte leicht den Kopf. Ich hatte Angst, damit unserer Freundschaft zu schaden. Aber ich konnte sie auch nicht einfach vergessen.

„Kira?", riss Ruben mich aus meinen Gedanken.

„Oh, äh, ja?", machte ich.

„Ich habe gefragt, ob du mit mir ein Kartenspiel spielen willst. Es heißt *Autsch*, und ich habe es für ein Schulprojekt erfunden."

Ich nickte übertrieben eifrig.

Ruben kramte im Koffer herum, der ohne den Kürbis ziemlich leer aussah. Er war mit verrückten Dingen gefüllt. Ich entdeckte weder Kleidung noch eine Zahnbürste, dafür allerlei Seltsames wie einen schmuddeligen Teddybären und eine bunt bemalte Glühbirne. Das einzige einigermaßen Funktionale schien eine Taschenlampe zu sein.

Die Regeln von *Autsch* waren einfach, aber um sie ging es eigentlich gar nicht; das Besondere am Spiel waren die Karten, sie zeigten wunderschön gezeichnete Blumen mit unterschiedlichen Mengen an Blättern.

Ich hatte erwartet, dass das Spiel langweilig werden würde, aber es ging sehr schnell. Ruben hatte unglaubliches Pech und musste mich von fast all meinen Karten befreien. Ich verdächtigte ihn sogar, beim Mischen so geschummelt zu haben, dass garantiert *ich* gewinnen würde.

„Hast du das gezeichnet?", fragte ich und betrachtete die Blüten, die fast so lebensecht aussahen wie Fotografien.

Ruben nickte.

„Woher kannst du das so gut?", wollte ich wissen.

„Kunstunterricht", meinte Ruben achselzuckend.

In diesem Moment klopfte jemand an die Tür. Ruben zuckte zusammen, aber es war zu spät, um uns zu verstecken. Also öffnete ich, und wir waren beide erleichtert, als nur Lieselotte davorstand. Eine regennasse Lieselotte mit säuerlichem Gesichtsausdruck.

„Komm rüber", brummte sie. „Deine Mutter hat angerufen."

Hastig verabschiedete ich mich von Ruben und folgte Lieselotte zu unserem Wohnwagen.

Das Gespräch mit Mama war nett, aber kurz. Sie erzählte, dass sie heute Elises Freund kennengelernt hätte, einen chaotischen, aber sympathischen Kellner namens Alfredo.

Ich überlegte, ob ich von der Wildwasserfahrt im Kürbis berichten sollte, entschied jedoch, sie nicht zu erwähnen.

79

Am Abend lag ich wieder in meinem Bett, schaute an die Decke und dachte nach. Darüber, was Ruben mir verheimlichte, und aus welchem Grund.

Irgendwann griff ich nach meinem grünen Lieblingskugelschreiber und dem bunt karierten Notizblock, der immer griffbereit auf meinem Schreibtisch lag.

Ich beschloss, mir alle Fragen, die mir bezüglich Ruben einfielen, zu notieren. Sobald ich die Antwort auf eine davon kannte, wollte ich sie abhaken.

Manchmal half mir diese Methode, Ordnung in mein Gedankenchaos zu bringen.

Je länger ich nachdachte, desto mehr fiel mir ein.

- *Wie konnte Ruben sich sein Handy leisten, obwohl seine Familie angeblich so arm ist?*

- *Weshalb trägt er verrückte Dinge wie einen Kürbis mit sich herum, aber keine Ersatzkleidung?*

- *Wieso hat Ruben nicht mehr Geld mitgebracht? Zuhause muss er doch auch genug haben, um sich Essen zu kaufen.*

- *Ist Rubens Vater wirklich Bauer?*

- *Woher kann Ruben so gut zeichnen?*

- *Warum wollte er nicht in unserem Musikvideo zu sehen sein?*

80

- *Was hat er gegen Sarah?*

- *Warum darf Ruben hier ganz allein Urlaub machen?*

- *Warum hat er so gar keine Angst vor unseren* nibbsen *und riskanten Unternehmungen?*

- *Woher hat er den Seidenbeutel gehabt, in dem seine Geschenke für mich waren?*

Die letzte Frage beantwortete ich mir sogleich selbst: weil er ebenfalls zu seinem merkwürdigen Gepäck gehört hatte, deshalb. Was mich wieder zum zweiten Punkt auf meiner Liste brachte.

Warum hat er so gar keine Angst vor unseren nibbsen *und riskanten Unternehmungen?* strich ich durch, weil ich es unfair fand, deswegen misstrauisch zu sein. Ruben war eben selbst *nibbs*. Außerdem war ich doch ebenfalls überall dabei gewesen.

Dennoch blieben viel zu viele Unklarheiten. *Irgendein* Geheimnis hatte Ruben, da war ich mir ganz sicher. Und plötzlich hatte ich eine Idee …

Ich konnte selbst kaum fassen, was ich tat, aber ich hatte einen Plan gefasst, der vielleicht ein wenig Licht ins Dunkel bringen würde.

So leise wie möglich verließ ich den Wohnwagen.

81

Ich fröstelte, als die kühle Nachtluft mich umfing. Meine nackten Füße streiften das feuchte Gras, in dem einige Grillen zirpten.

Ich lief auf den Sand zu. Er war noch warm von der Sonne und angenehm unter meinen Füßen.

Geduckt huschte ich zu Rubens Schuppen. Obwohl ich entsetzt war über mich selbst, wollte ich nicht mehr umkehren.

Die Tür knarrte in ihren Scharnieren, als ich sie aufdrückte. Dahinter war es vollkommen dunkel. Nur an Rubens gleichmäßigem Atem konnte ich erkennen, dass er in seinem Bett lag und schlief.

Ich griff nach der Taschenlampe, die an der Decke hing. Vorsichtig knipste ich sie an. Ruben schlief ruhig weiter, was mir einen erleichterten Seufzer entlockte.

Sein Koffer stand immer noch offen, das Handy lag, wie am Nachmittag, ganz oben. Ich schloss meine Finger darum.

Das Gerät war ausgeschaltet. Als ich es hochgefahren hatte, wollte ich Rubens Zeigefinger dagegen drücken, um es zu entsperren. Doch da begann es, Geräusche zu machen, als hätte Ruben sehr viele neue Nachrichten. Diese ploppten so schnell hintereinander auf, dass ich von jeder Vorschau nur einige Wörter lesen konnte:

Ruben!

Komm zurück!

nach Hause

Was

Papa

Schule

Warum

davongerannt

falsch gemacht?

In diesem Moment gähnte Ruben. Ich fuhr herum und sah, dass er die Augen öffnete. Wortlos ließ ich das Handy zurück in den Koffer fallen, drehte mich um und raste aus dem Schuppen.

„Kira!", hörte ich einen Schrei hinter mir.

Er hatte mich also bereits erkannt. Trotzdem hastete ich weiter, ohne zurückzublicken.

8. Kapitel

Paniner

Am nächsten Morgen war ich früh wach, blieb aber lange im Bett liegen und wälzte mich hin und her.

Ich war am Vorabend in Rubens Schuppen eingebrochen, und er wusste das!

Mich plagten Schuldgefühle, weil ich ihn ausspioniert und ihm nicht vertraut hatte.

Ich fürchtete mich davor, ihn wiederzusehen. Würden wir je wieder so Freunde sein wie zuvor? Oder misstraute *Ruben mir* jetzt?

Nein, dachte ich nach einer Weile.

Ich würde ihm alles erklären und vielleicht, vielleicht würde auch er mir dann die Wahrheit sagen. Wenn ich Glück hätte.

Entschlossen stand ich auf und ging hinaus in das Wohn- und Esszimmer, auf dessen Boden Papa und Lieselotte schliefen. Ich stieg über sie hinweg und stolperte aus dem Wohnwagen. Draußen konnte ich es plötzlich nicht mehr erwarten, mich bei Ruben zu entschuldigen. Ich begann, zu rennen.

Vor dem Schuppen blieb ich stehen, atmete tief durch und klopfte. Keine Antwort. War Ruben so wütend auf mich, dass er nicht öffnete, oder schlief er noch?

Ich klopfte ein zweites Mal, und als wieder keine Reaktion kam, trat ich einfach ein.

Der Raum war leer. Weder Ruben noch sein Gepäck konnte ich entdecken, nicht einmal das Bett.

War er abgereist, um nicht mit mir sprechen zu müssen?

Hatte mein Misstrauen ihn so bekümmert, dass er seinen Urlaub beendet hatte?

Ich schüttelte den Kopf und versuchte mich zu beruhigen. Ruben war ja morgens schon einmal nicht hier gewesen. Aber sein Koffer und das Bett? Ich spürte, wie ich in Panik geriet.

Frustriert ließ ich die Schultern hängen. Wo sollte ich beginnen, Ruben zu suchen? Ich war mir sicher, dass er nicht einfach einen Strandspaziergang unternahm.

Da erst fiel mein Blick auf einen Zettel, der mittig auf dem Boden platziert war, gerade, als sollte er ins Auge stechen. Er bestand aus dünnem Papier und schien aus einer Zeitung ausgeschnitten zu sein. Ich hob ihn auf und erschrak.

Oben auf dem Blatt war ein Foto von Ruben abgebildet, aber er sah darauf ganz anders aus, als ich ihn kannte. Das unternehmungslustige Funkeln, das immer in seinen sturmgrauen Augen lag, fehlte.

Die Haare hatte Ruben sich streng nach hinten gegelt, anstelle seines ausgeleierten T-Shirts trug er ein weißes Hemd mit Krawatte. Er lächelte halbherzig.

Obwohl Rubens Gesicht unverkennbar war, ähnelte der Junge auf dem Bild eher seinem Gegenstück. Der Teil von Ruben, den ich kannte, der *nibbse*, dem mein *Littri* gegolten hatte, war nicht zu sehen.

Ich schluckte, und mir stiegen Tränen in die Augen. Wie durch einen Schleier las ich den Text unter der Fotografie.

Gesucht.
Ruben Regentag.
Größe: 164 cm.
Alter: Zwölf Jahre.
Verschwunden seit: Samstag, 3. Juli.
Hinweise bitte an René und Elvira Regentag.

Darunter standen eine Telefonnummer und eine E-Mail-Adresse.

Ich konnte es kaum fassen. Ruben war … ein Ausreißer? Warum hatte er mir nie etwas erzählt, es mit keinem Wort erwähnt? Hatte er Angst gehabt, ich könnte ihn verraten? Und wo war er jetzt? Zuhause? Bei seinen Eltern? Hatte er einen Grund gehabt, vor ihnen zu flüchten? Welchen? Behandelten sie ihn schlecht? Würden sie das

86

wieder tun, nun, da er zurück war? Wie hatten sie ihn aufgespürt? Womöglich über sein Handy, das *ich* aktiviert hatte? War alles *meine* Schuld? Würde Ruben mir das je verzeihen können? Was bedeutete dieses Ereignis für unsere Freundschaft? Für *Kibaru*?

Noch einige Minuten stand ich bloß stumm da und wartete, bis sich der Gedankensturm in meinem Kopf gelegt hatte.

Dann lief ich mit dem Zettel zurück zu unserem Wohnwagen, wo Lieselotte gerade dabei war, das Frühstück zuzubereiten.

Ich stürmte an ihr vorbei. In meinem Zimmer schnappte ich mir mein Handy und wählte mit zitternden Fingern die Nummer, die auf dem Zettel notiert war.

Mehrmals ertönte ein Tuten, danach hob jemand ab.

„Ja?", fragte eine gestresst klingende Frauenstimme.

„Hallo", piepste ich. „Ich möchte gerne mit Ruben sprechen, Ruben Regentag. Er ist doch Ihr Sohn?"

„Ja, das ist er. Ihr kennt euch?"

Ich nickte, aber als mir klar wurde, dass meine Gesprächspartnerin das nicht sehen konnte, setzte ich nach: „Ja. Wir sind Freunde."

Ich hörte, dass Rubens Mutter das Mikrofon zuhielt und sich kurz mit jemandem beratschlagte. Worüber sie sich unterhielten, konnte ich jedoch nicht verstehen.

„Er kommt gleich", sagte Elvira Regentag.

Kurz darauf drang Rubens Stimme aus meinem Handy. Er klang nicht wie gewohnt, sondern unsicher und hilflos.

„Kira?"

„Ruben!", rief ich erleichtert aus. Mein Tonfall wurde jedoch sofort strenger: „Warum hast du mir nichts gesagt?"

„Tut mir leid! Verstehst du, ich hatte Angst. Angst, erwischt zu werden, und Angst, dass du mit keinem Ausreißer befreundet sein willst."

„Warum bist du denn von zuhause weggelaufen?", fragte ich.

Ruben druckste herum. „Das mit meinen armen Eltern stimmt nicht so ganz. Genaugenommen sind sie sogar ziemlich reich. Ich gehe auf eine teure Privatschule und bin ständig bei irgendwelchen Kongressen von ihnen dabei, bei schicken Dinner-Partys oder bei Treffen mit anderen wohlhabenden Familien. Meine Klassenkameraden sind absolute *Kranocher* – ich denke, das ist der Grund dafür, dass ich Sarah nicht mag, sie erinnert mich so sehr an sie. Und ich darf *nichts*! Wenn ich mir einen Fernseher für mein Zimmer wünsche, eine Riesenportion Zuckerwatte oder ein neues Handy, *dann* bekomme ich das zwar. Aber wenn ich in den Wald gehen möchte, erlauben Mama und Papa es nicht, damit mir nichts passiert!"

Sein Tonfall war so wütend und verzweifelt, dass ich erschrak.

Ruben fuhr fort: „Ich darf nicht einmal allein zur Schule, obwohl sie keine vierhundert Meter entfernt ist! Stattdessen bringt mich ein Chauffeur in einer Limousine. Und was noch viel schlimmer ist: In meinem Leben ist kein, aber auch gar kein Platz für *Nibbsität*! Ich muss immer sein wie die anderen. Ich muss ein guter Schüler sein. Ich muss brav sein. Und nie darf ich irgendetwas Riskantes tun. Oder etwas *Nibbses*."

Er klang verbittert und beinahe trotzig.

Ich konnte ihn verstehen. Es musste schrecklich sein, von den eigenen Eltern eingesperrt zu werden und nicht einmal einen Spaziergang unternehmen zu dürfen. Als ich noch kleiner gewesen war, hatte ich alle Kinder, denen es so ging, *Paniner* genannt.

Ruben erzählte etwas ruhiger weiter: „Und irgendwann reichte es mir, also nahm ich mir vor, heimlich einen Tag lang nur Abenteuer zu erleben, und zwar die, die *ich* wollte, einfach mal alle Vernunft auszuschalten. Ich packte die Dinge, von

89

denen ich dachte, dass sie mir dabei helfen könnten, in meinen Koffer – zum Beispiel den Kürbis, den 10mBFs oder auch das Säckchen zum Souvenirs sammeln. Dann schlich ich mich aus dem Haus, nahm den nächsten Bus, ohne zu fragen, wohin er fuhr. Ich bezahlte bis zur Endstation, stieg aber einfach bei der Haltestelle aus, die mir am besten gefiel – in der Stadt, in der du gerade bist. Zum ersten Mal in meinem Leben schlenderte ich durch eine Straße, ohne dabei überwacht zu werden. Ich fühlte mich so wild und frei und wunderbar." Er machte eine kurze Pause, in der ich glaubte, ein Schniefen zu hören. „Als der Abend gekommen war, wollte ich noch nicht nach Hause. Ich dachte mir, dass es nicht so schlimm wäre, wenn ich noch einen Tag später käme, dass ich bestimmt eine Ausrede finden würde. Also schlich ich mich auf den Campingplatz und versteckte mich im Schuppen. Ich konnte mir sogar ein Klappbett borgen, von einer zeltenden Familie, die ein überflüssiges hatte. Mein Plan war, am nächsten Nachmittag nach Hause zu reisen. Aber dann dachte ich, zuerst lade ich dich auf ein Eis ein. Und als wir geredet haben … wollte ich noch länger etwas mit dir machen. Ans Heimfahren dachte ich dann nicht mehr … Den Rest kennst du ja mehr oder weniger."

Er verstummte und schien auf eine Reaktion von mir zu warten.

Weil mir nichts Besseres einfiel, machte ich einfach nur: „Oh."

„Jetzt haben meine Eltern mich geortet", seufzte Ruben. „Mit dem Handy. Du weißt schon."

Ich schluckte. Er war also *tatsächlich* meinetwegen erwischt worden.

„Ich bin dir nicht böse deswegen", versicherte Ruben eilig. „Sie hätten mich sowieso früher oder später erwischt. Und du konntest es doch nicht wissen. Außerdem, du hattest ja Recht mit deinem Misstrauen."

„Es ist sehr schlimm für dich, wieder zuhause zu sein, oder?", erkundigte ich mich und biss mir im nächsten Moment auf die Lippe wegen dieser unnötige Äußerung.

„Ja. Es ist schrecklich hier. Natürlich habe ich meine Eltern lieb, aber sie behandeln mich wie ein Hündchen, wie eines dieser winzigen Taschenhündchen." Er lachte traurig. „Sie behaupten, sie würden alles dafür tun, dass ich glücklich bin. Aber das stimmt nicht. Meinen wahren größten Wunsch würden sie niemals erfüllen."

„Was ist dein wahrer größter Wunsch?", fragte ich, obwohl ich es eigentlich bereits wusste – zumindest ungefähr.

An Rubens Stimme erkannte ich, dass er bitter lächelte. „Ich möchte in eine normale Schule gehen, mit normalen Kindern – oder unnormalen, wie dir! Ich möchte ausziehen aus unserer Villa inmitten anderer Villen und *leben* dürfen, wie du. Am allerliebsten würde ich in deine Schule gehen."

Zum ersten Mal an diesem Tag zogen sich meine Mundwinkel leicht nach oben.

Kurz herrschte Schweigen, dann meinte ich: „Vielleicht solltest du das deiner Mutter und deinem Vater zumindest sagen – damit sie wenigstens eine Chance haben, dich zu verstehen?"

Ruben stöhnte: „Du kennst sie nicht, Kira. Wahrscheinlich würden sie mich zu irgendeinem Therapeuten schleppen – glaube ich zumindest, so genau kann ich sie auch nicht einschätzen."

„Sie sind doch deine Eltern!", protestierte ich.

„Ja, aber sie sind unberechenbar. Ich muss jetzt auflegen, sie haben ein kleines Willkommensfest für mich vorbereitet."

„Du kriegst ein *Willkommensfest*? Und keinen Ärger?"

„Nein, sie sind zu erleichtert, mich wiedezusehen. Jetzt weißt du, was ich bin, Kira: ein verwöhntes, verweichlichtes, überbehütetes Schoßkind. Tschüss."

„Tschüss."

Ich legte das Handy zur Seite und starrte an die Decke.

Ich hätte vieles von Ruben erwartet.

Aber nicht das.

Was er über sich und seine Familie erzählt hatte, kam so überraschend, als hätte er behauptet, dass die Erde die Form eines Tannenzapfens hatte. Mit dem Unterschied, dass ich ihm das nicht geglaubt hätte. Was er eben berichtet hatte, war allerdings wahr, das wusste ich. Beinahe wäre ich wütend auf Ruben gewesen, aber mir war klar, dass er nichts dafür konnte.

„Kira?", trällerte Lieselotte auf einmal. „Frühstück!"

Mir fiel ein, dass sie noch gar nichts von Rubens Verschwinden wusste.

Lustlos trottete ich ins Wohnzimmer.

„Was ist denn mit dir los?", lachte Lieselotte. „Du machst ja ein Gesicht wie …"

Ich warf ihr einen finsteren Blick zu, der sie zum Schweigen brachte.

„Iss erst mal was", empfahl sie. „Was auch immer du hast, die Welt wird danach viel besser aussehen."

Ich nickte dankbar und griff nach einem Kornspitz.

Als ich ihn noch nicht einmal zur Hälfte verspeist hatte, begann mein Handy plötzlich zu schrillen. Ich stürzte in mein Zimmer und sah, dass mich Rubens Mutter anrief. Sofort hob ich ab.

„Hallo!", keuchte Ruben, der völlig außer Atem zu sein schien. „Du wirst es nicht glauben, aber … meine Eltern haben … unser Gespräch … belauscht … und mich … verstanden!" Er quietschte beinahe vor Freude.

„Wirklich?", jubelte ich und verspürte das dringende Bedürfnis, Ruben um den Hals zu fallen. „Was macht ihr jetzt?"

Ruben, der sich mittlerweile ein wenig beruhigt zu haben schien, schilderte mir die Pläne seiner Eltern: „Wir reisen zu dir an den Strand! Sofort! Auf der Stelle! In wenigen Minuten geht es los. Meine Eltern finden, dass sich das Campen hier ,anbietet', weil sie sowieso einen Urlaub machen wollten. Und, weißt du, was noch viel besser ist? Sie sagen, ich soll den restlichen Sommer lang überlegen, ob ich wirklich lieber auf deine Schule gehen möchte, und falls ja … *darf* ich! Vielleicht kaufen sie sich dann sogar ein Haus in deiner Stadt, damit ich nicht so weit mit der Limousine fahren muss; Geld haben sie ja. Dabei wissen wir nicht einmal, in *welcher* Stadt du wohnst – aber so sind meine Eltern: Sie tun alles, was ich will, ohne lange darüber nachzudenken; bei uns zuhause läuft das gewissermaßen wie bei den verwöhnten Fratzen in den Filmen. Zumindest bei den Dingen, die man kaufen kann. Was ich nicht gedacht hätte, war, dass meine Eltern ihr ganzes Leben für mich umkrempeln würden. Ich lerne eben immer noch dazu, was Mama und Papa angeht … Danke, Kira. Danke für alles."

Im Hintergrund hörte man die Stimme von Rubens Mutter, aber sie klang nicht mehr so gestresst wie zuvor.

Ruben verabschiedete sich: „Wir fahren jetzt ab. Bis *gleich*."

Epilog

Kibaru

Der Wind fuhr mir durch die Haare.

Gischt spritzte.

Über uns kreischten die Möwen.

Ich hatte mich über die Reling gelehnt und beobachtete einen Schwarm Fische, der ein Stückweit entfernt im Wasser schwamm.

Wir befanden uns auf der Privatjacht von Rubens Eltern, der *MS Elvira*. Sie war ein hübsches weißes Schiffchen mit luxuriöser Ausstattung, und im Moment jagte sie mit überraschend hoher Geschwindigkeit über das Meer.

Rubens Mutter unterhielt sich mit Lieselotte. Die beiden verstanden sich blendend. Sie saßen auf zwei gelben Liegestühlen unter einem Sonnenschirm, tranken Cocktails und tauschten Modetipps aus.

Rubens Vater zeigte unterdessen meinem die Maschinenräume. Wie sich herausstellte, begeisterten sich beide für Technik.

Auf einmal stand Ruben neben mir.

Ich sah auf und lächelte.

Ruben lächelte zurück.

Eine Weile schwiegen wir, dann murmelte ich: „Ich bin froh, dass *Kibaru* noch weiter geht."

Ruben nickte. „Für immer."

Ich zog die Augenbrauen hoch. „Für immer? Der Sommer endet doch auch irgendwann."

„Der ja. *Kibaru* nicht. Ich habe es mir anders überlegt: *Kibaru* ist nicht vorbei, sobald der Herbst kommt. So heißt einfach die Zeit, die wir zusammen verbringen. Und das wird in Zukunft hoffentlich ganz viel sein. Vielleicht … unser restliches Leben lang."

Ich zuckte zusammen, weil das – zumindest mit etwas Fantasie – wie ein Heiratsantrag klang. Dann wurde mir allerdings klar, dass Ruben es nicht so gemeint hatte, und ich entspannte mich wieder.

Kurz passierte gar nichts, dann rückte Ruben ein Stück näher an mich heran. Er legte seinen Arm um meine Schultern.

Mir schoss die Röte in die Wangen; sie verschwand schnell wieder, aber das *Littri* in mir blieb. Dort, wo Rubens mich berührte, schien meine Haut besonders stark zu kribbeln.

Ich versuchte, mich möglichst wenig zu bewegen – vielleicht hoffte ich, dass er seinen Arm dann nicht wieder wegnehmen würde.

Eine Weile standen wir einfach so da, eng nebeneinander.

Kurz fragte ich mich, was Lieselotte und Rubens Mutter sich wohl dachten, wenn sie uns so sahen. Aber Ruben schien es egal zu sein, und da entschied ich, dass ich mich auch nicht darum kümmern musste – Ich war schließlich eine *Numerin*.

„Also?", fragte Ruben. „Was hältst du davon?"

„Wovon?"

„Von der Vorstellung, dass für immer *Kibaru* ist."

„Äh … viel."

Ruben löste sich von mir und verkündete mit feierlicher Miene: „Für immer *Kibaru*."

Ich lächelte und wiederholte, ebenso feierlich: „Für immer *Kibaru*."

Kleines Kirisch-Wörterbuch

Das ist eine Liste der wichtigsten von Kira erfundenen Wörter und ihrer Bedeutungen. Alle fett geschriebenen Begriffe werden in der Geschichte verwendet.

Boronx *der, Pl. Boronxos, Nomen*	Das Gefühl, unbedingt irgendetwas tun zu müssen; führt häufig zu Stress
Chira *der, Pl. Chiras, Nomen,*	Chatnachricht zwischen Kira und Elli
Ellessa *die, Pl. Ellessas, Nomen*	Das Gegenteil von Teufelskreis
Fleber *der, Pl. Fleber, Nomen*	Jemand, der seine Fehler nie zugibt
gellar *Adjektiv. gellarer, am gellarsten*	Gegenteil von hübsch. Dafür gibt es zwar schon das Wort

	„hässlich", das aber eher als Schimpfwort benutzt wird. *Gellar* hingegen ist nie böse gemeint.
Hennett *der, Pl. Hennetts, Nomen*	Ein verrückter Gedanke, den man zwar gedacht, aber nicht ernst gemeint hat und oft schon im nächsten Moment bereut
kanqui *Adjektiv. kanquier, am kanquisten*	Ähnlich wie *plitsch*, allerdings bei Männern
Kemmini *das, Pl. Kemminis, Nomen*	Zustand, in dem man plötzlich sehr schnell redet und alles sagt, was man denkt
Kibaru *der, kein Pl., Nomen.*	Die Zeit, die Kira und Ruben zusammen verbringen
Kirisch *das, kein Pl., Nomen*	Die Sprache, deren Wörter Kira erfindet
Klabey *das, kein Pl., Nomen*	Das Gefühl, das man beim Achterbahnfahren verspürt

Kranocher *der, Pl. Kranocher,* *Nomen*	Jemand, der immer Alleinunterhalter sein will
Littri *das, kein Pl., Nomen*	Ein Gefühl ähnlich Liebe
Mirsch *der, Pl. Mirsche,* *Nomen*	Der Geruch von Sommerregen
nibbs *Adjektiv. nibbser, am* *nibbsesten*	Auf eine positive Art verrückt
Nistern *das, Pl. Nistern, Nomen*	Das Geräusch von versickerndem Wasser
nöcheln *schwaches Verb*	Auf eine Art lächeln, bei der sich die Mundwinkel nach unten anstatt nach oben ziehen, die man aber dennoch als Lächeln erkennt
Numer *der, Pl. Numer, Nomen*	Jemand, der sich nicht um die Meinung der anderen kümmert und einfach er selbst ist
ockeln *schwaches Verb*	lachen müssen, weil ein Witz so schlecht ist

Paniner der, Pl. Paniner, Nomen	Überbehütetes Kind, das kaum Abenteuer erleben darf
Peck der, Pl. Pecken, Nomen	Kleine, sympathische Macke
plitsch Adjektiv. plitscher, am plitschesten	Eigenschaft von Frauen wie Lieselotte, die sich unbedingt jung fühlen wollen und dazu versuchen, auf dieselbe Art cool zu sein wie Jugendliche
Sito der, Pl. Sitos, Nomen	Jemand, der über jeden Fehler der anderen herzieht, aber selbst meistens ein Fleber ist
Troxer der, Pl. Troxer, Nomen	Jemand, der jedem seinen Willen aufzwingt
Wemba die, Pl. Wemben, Nomen	Etwas (z.B. bestimmtes Lied, spezieller Geruch, …) das einem ein Gefühl von Geborgenheit bereitet

Danksagungen

Danke an meine Mutter Birgit Koller, der dieses Buch gewidmet ist. Du hast mich immer motiviert, weiterzuschreiben und mir sehr geholfen.

Danke an Jan, Tom und Marie, die Testleser von „Kibaru".

Teile dieses Buches sind auf einer Schreibzeit entstanden, die von der Jugendliteraturwerkstatt Graz veranstaltet worden ist. Ich danke den Betreuern Martin Ohrt, Katharina Petritsch und Sarah Zurl sowie meinen Zimmerkolleginnen Ulyana und Fabiola.

Vielen Dank an Marleen Leupert, die das wundervolle Cover gezeichnet hat.

Vielleicht hat meine Liebe zu Büchern im Deutschunterricht begonnen. Ich danke meinen Lehrerinnen in der Volksschule und im Gymnasium.

Zu guter Letzt danke ich allen, die dieses Buch gekauft haben, ohne sich von der Tatsache abschrecken zu lassen, dass es der Debütroman einer Zwölfjährigen ist. Ich hoffe, es hat euch nicht enttäuscht.

Über die Illustratorin

Marleen Leupert, geboren 2008, lebt mit ihren Eltern, einem jüngeren Bruder, drei Katzen und einem Hund im niederösterreichischen Dorf Sieghartskirchen. Seit sie vier Jahre alt ist, zeichnet sie gerne.

Im Sommer 2021 zeichnete Marleen das erste Mal ein Bild für eine Anthologie.

2021 erschien mit „Kibaru – Momente voller Sommer" ihr erstes Bild auf einem Cover.

Über die Autorin

Tanja Koller, geboren 2008, lebt mit ihren Eltern, zwei jüngeren Brüdern und einem Kater im niederösterreichischen Dorf Ollern. Seit sie fünf Jahre alt ist, schreibt sie Geschichten. Im Herbst 2020 war Tanja erstmals in einer Anthologie vertreten, weitere Veröffentlichungen folgten. 2021 erschien mit „Kibaru – Momente voller Sommer" ihr Debütroman.